MANUEL

DU

PARFAIT BONAPARTISTE

PAR

ANGELO DE SORR

Prix : 1 franc

PARIS
FERDINAND SARTORIUS, ÉDITEUR
27, RUE DE SEINE, 27

1875

MANUEL

DU

PARFAIT BONAPARTISTE

ANGELO DE SORR

MANUEL

DU

PARFAIT BONAPARTISTE

PARIS
FERDINAND SARTORIUS ÉDITEUR
27, RUE DE SEINE, 27

1873

Le *Manuel du parfait bonapartiste* est la seconde publication de la série que nous avons annoncée. Les personnes qui désirent avoir le *Manuel du parfait légitimiste*, déjà paru, n'ont qu'à envoyer 1 fr. 25 en timbres-poste à l'adresse de l'éditeur. Ils recevront le volume franco.

Le *Manuel du parfait orléaniste* est sous presse.

L'Editeur.

MANUEL

DU

PARFAIT BONAPARTISTE

Le bonapartiste est une dégénérescence du légitimiste, comme l'orléaniste en est une du républicain. Il n'y a donc que deux types purs : Le légitimiste et le républicain.

Comme le légitimisme, le bonapartisme n'a pas sa raison d'être chez un peuple éclairé.

Ceci se comprend sans plus ample explication, et nous n'en ferons pas le thème de trois pages de banalités. Laissons ce soin aux journalistes qui ont besoin de s'étendre.

On n'est bonapartiste ni par religion, ni par souvenir, ni par principes; on l'est par intérêt. — Quelques estomacs heureux le sont peut-être par reconnaissance.

La Corse est la terre sainte du bonapartiste. Ce berceau de ses empereurs sera sa Judée vénérée. Il se montrera tout amour pour cette pépinière de *vendetta*. Ces marais et maquis, où se fait, avec tant de succès, l'élève de tous les policiers de France, seront empreints, pour son cœur, d'une poésie ineffable.

Lorsqu'il lui naîtra un fils, il le nommera Napoléone, Alexandri ou Piétri, tout en regrettant de n'avoir pas reçu lui-même, au berceau, ces noms insulaires, si mélodramatiques et si français.

Dès l'âge le plus tendre, l'enfant du bonapartiste aura pour jouet une trompette et un sabre; plus tard, le dimanche il sera revêtu d'un uniforme de chasseur ou de zouave. Ses père et mère le feront marcher devant eux avec orgueil.

Le jour de sa première communion, on lui fera cadeau d'un vélocipède; mais il ne sera pas tenu de tomber à chaque instant comme le petit Conneau pour faire rire Louis.

Lorsqu'il sera plus grand, on lui prodiguera la douce satisfaction, le jeudi, de suivre, à l'heure de la retraite, les tambours et les clairons jusqu'à la caserne. Cet harmonieux vacarme le disposera à l'amour du grand homme, développera ses aspirations belliqueuses, l'exercera à marcher au pas et à se tenir droit.

N'importe sous quel régime il aura eu la douleur de naître, l'établissement où il fera ses études ne sera, pour ses parents, ni une pension, ni un collége, — mais toujours le *lycée*.

Lorsque, les jours de congé, il jouera dans le jardin des Tuileries, sa mère, souriante et heu-

1.

reuse, l'attendra, assise sous le marronnier du 20 mars.

S'il est rangé, le bonapartiste passera ses soirées en famille. Pendant que ses enfants feront une lecture de M. de Norvins, il fumera des *impériaux*, et sa femme, si elle est de certaines sociétés présidées par des *générales* bien en vue, fera de la charpie.

Sous le régime des Bonaparte, les femmes doivent faire sans cesse de la charpie. Il n'y en aura jamais assez.

Il élèvera ses enfants dans la haine des Anglais, des Autrichiens, des Allemands, des Espagnols, des Italiens, des Russes, des Suisses, des Belges, des Hollandais, des Suédois, des Turcs, des Mexicains, des Chinois, des Américains, etc.

Et il attaquera tous ces peuple barbares dans leur genre d'alimentation. Ce seront des mangeurs de roatsbeef, de choucroute, buveurs de bière, avaleurs de chocolat, de macaroni, de chandelles, de nids d'hirondelles.

Mais il n'admettra pas que l'étranger puisse le traiter jamais de mangeur de pot-au-feu.

Il niera toute défaite. Le bonapartiste n'a jamais été vaincu.

Et, à l'exemple de ces vieux professeurs d'histoire qui passent leur vie à démontrer à leurs élèves comment il eût fallu manœuvrer pour gagner la bataille de Cannes, il aura des arguments inattaquables par lesquels il gagnera constamment la bataille de Waterloo.

Il s'habillera mal, et se fournira chez un tailleur qui fait le militaire et le civil. Il portera des pantalons larges et des paletots étriqués. Vers la cinquantaine, il adoptera le corset, et teindra fortement sa moustache taillée en brosse.

Suivant fidèlement l'ancien mot d'ordre des Tuileries, il aura, à table, de gaies plaisanteries à l'adresse du prince Napoléon, et cela dans le goût de celles qui parfument les cinq actes du *Malade imaginaire*.

S'il est dans l'administration, il prendra sa cire à moustache chez Caumont. Il pourra feindre au besoin, et, cela, en vue d'avancement, certaines affections internes, et acheter ostensiblement des sondes chez Charrière.

Il sera religieux; mais seulement assez pour aller à la chapelle des Invalides le 5 mai, et, le 15 août, à une grand'messe en musique militaire. Il assistera le soir à un petit banquet clandestin où il se grisera un peu, ce qui lui permettra d'avoir deux ou trois larmes à l'œil, et, une dans la voix, lorsqu'il traversera la place Vendôme.

S'il est dévot, il demandera l'autorisation à son évêque de communier ces jours-là avec du pain diabétique. Mais ce vœu devra être exprimé avec une extrême réserve, afin de ne pas blesser la liturgie romaine.

Il sera inévitablement décoré ; soit pour service militaire, soit pour intrigue administrative, soit par recommandation du préfet de police. — Mais il fera des gorges chaudes des rares décorations données à la science, aux industries utiles, aux beaux arts, à l'honneur.

Dans la politique actuelle, il aura toute satisfaction. Les pétarades de la droite, les indignations de la gauche, le mettront en jubilation. Il assistera à ces luttes en spectateur qui doit profiter de leurs défaites mutuelles. Plus l'eau sera troublée, plus il aura espoir d'amener le poisson désiré, le dauphin de la mer Rouge.

Et cette locution est prise dans le sens des batailles.

S'il est issu de bourgeoisie très-ordinaire, — quoique honnête, — il sera parfaitement illettré. Toute sa littérature se renfermera dans les *Mémoires de Bourrienne* et le *Mémorial de Sainte-Hélène*. Les récits de M. Emile Marco de Saint-Hilaire prolongeront les veillées de son épouse. Et, cette dernière, s'étonnera constamment de ne pas trouver dans le *Figaro* ou l'*Ordre* des feuilletons de ce jeune auteur.

A la mort de certaines personnalités célèbres, comme Théophile Gautier, Sainte-Beuve, il demandera immanquablement « ce qu'il faisait. »

Mais sur l'uniforme il sera de première force. A un demi-kilomètre de distance il vous dira le corps, le grade du militaire qui illuminera son horizon visuel.

Les beaux-arts seront pour lui lettres closes. Cela ne lui dira rien. Il ne verra dans un tableau que le *bien imité*. Les murs de son salon seront ornés de *la Veille d'Austerlitz*, *les Adieux de Fontainebleau*, *le Retour de l'Ile d'Elbe*. Madame aura dans sa chambre à coucher les portraits de la reine Hortense et de Joséphine. — Dans la salle à manger, une lithographie, « *On ne passe pas*. »

Si madame est de nature poétique et romanesque, chaque fois qu'elle sortira, elle demandera en grâce, à son mari, de lui montrer... Timothée Trimm !

Timothée Trimm, voilà le rêve de la femme du bonapartiste.

SES AMOURS.

—

Au printemps de l'adolescence, ses premiers désirs s'adresseront à quelque vivandière bien rebondie. Il assistera aux grandes revues, où il la lorgnera au passage; ce seront ses *premières*.

Mais cet amour platonique ne lui suffira pas longtemps. Il lui faudra peut-être prendre maîtresse dans le civil; si elle est d'humeur légère, il lui accordera toutes les joies, dont la plus vive sera d'être conduite le dimanche à Vincennes, au bal d'Idalie.

Le bonapartiste comme il faut verra d'un bon œil son fils orner son appartement des portraits-cartes des dames en faveur auprès du souverain, et ne saurait le blâmer de faire encadrer richement la photographie de Marguerite Bellanger.

C'est pour ce charmant jeune homme que l'empire a mis à la mode les pièces à femmes, et a fait éclore au sein des familles pauvres tant de femmes à pièces. Il promènera son cœur sur toutes ces belles enfants vues de bas en haut et croquera avec elles quelques tranches de la fortune paternelle.

Puis, il visera plus haut; car, en amour, le bonapartiste sera dévoré d'ambitions; et il s'attaquera au troupeau des cent cinquante pensionnaires de la Comédie-Française engagées par invitations de ministres, et que l'on s'est toujours bien gardé de faire débuter.

Ces recommandées sont d'un usage très-commode. Le bonapartiste pourra les conduire où il lui plaira; pas de répétitions du matin, pas de représentations le soir. Seulement, acte de présence une fois par mois auprès du caissier.

Enfin, si notre héros appartient à la haute finance; si son père a lancé quelque emprunt célèbre, comme le *Mexicain*; s'il a créé quelque société abracadabrante, comme la *gastronomique* de la rue Lepeletier; — alors il peut prétendre à tout.

Et il se mettra à la poursuite des *bougies de château.*

Mais, je vois le lecteur écarquiller les yeux et se demander : Qu'est-ce que l'auteur veut donc dire avec ses bougies de château.

Explication de l'auteur :

Vous avez sans nul doute remarqué cette indication à l'étalage de certains magasins. La marchandise ainsi dénommée se compose de bougies entamées. Si vous entrez, le marchand vous explique que cet article provient des châteaux royaux, impériaux ou présidentiels, selon le gouvernement sous lequel on se trouve. En ces hauts lieux, les bougies commencées ne resservant pas, on les recède au commerce. Et comme le public a la naïveté de supposer que, dans les palais, on ne consomme que des produits de premier choix, il croit faire une excellente acquisition en s'appropriant ces luxueux restes.

Depuis quelques temps, l'article *bougies de château* est un peu négligé, mais, sous l'empire, il était fort répandu.

Ceci suffira pour faire comprendre quel genre de femmes nous désignons par ces mots. Caprices du palais, femmes du monde sortant de l'alcôve d'un prince du sang, voire même d'un membre de la *petite famille ;* artistes ayant eu une heure de faveur ; passions à peine allumées, sitôt éteintes — presque pas entamées, à peine effleurées — et reprenant valeur par le prestige du beau lustre qui les a un instant fait briller, — voilà les bougies roses de château que le jeune bonapartiste recherchera. Il en trouvera partout, dans tous les mondes, dans tous les théâtres, même à l'étranger.

L'impérialiste Dollingen en raffole.

Il faut le dire, depuis les événements, beaucoup de ces bougies, à peine éméchées au sortir du palais, sont depuis longtemps épuisées. On les a rallumées tant de fois!... Et puis, combien en a-t-on brûlé par les deux bouts!...

Enfin, le moule n'en est pas perdu; et, grâce aux aimables efforts de la droite, il y aura peut-être encore des beaux jours pour cette luxuriante stéarine.

Quand le bonapartiste sera fatigué de toutes ces joies, il se mariera. Il aura le soin d'épouser la fille d'un couturier célèbre devenu millionnaire. Et lorsque son beau-père pleurera sur le 4 septembre, il lui séchera les larmes.

LE VIVEUR

—

Le bonapartiste viveur mangera dans l'acception matérielle du mot. Son meilleur repas sera celui du matin, comme les négociants de Bercy. Le plus raffiné se nourrira selon l'évangile de Charles Monselet, ce disciple de feu Dinochau.

Je suis bien aise, à ce propos, de pouvoir placer ici une courte digression. Par deux fois, dans le *Petit Journal*, mon excellent ami Monselet a eu la bonté de parler de mon *Manuel du parfait légitimiste*. — S'il a été charmant pour l'écrivain, il s'est en revanche montré bien cruel pour le modeste gastronome, lequel n'a cependant montré que le bout de la langue.

Charles Monselet m'accuse de vouloir imposer les caprices de mon estomac au monde culinaire. Il ne veut pas que dans un repas je mette la bisque à sa place, et il crie comme un intoxiqué parce que je recommande le médoc pour la truffe. Ce faux mangeur me fait rire. S'il pense qu'il suffise d'écrire de charmants sonnets sur le cochon et la purée Crécy pour être sacré professeur en bouche, il se trompe de beaucoup. Monselet mange avec esprit, alors que l'on doit manger avec goût.

Cet été, à Enghien, M. de Villemessant me parlait du menu dont Monselet avait été chargé pour un dîner du *Figaro*, ces fameux dîners tant criés sur les toits, où l'esprit et la gaieté étaient les seules bonnes choses que l'on y consommât. Eh bien, le menu-Monselet fut le comble de l'impéritie. Il glaça les estomacs et les cœurs. Les vins y arrivaient pêle-mêle, sans ordre, bousculés, comme les troupes de Vinoy, dans la matinée du 18 mars, et au dessert on était gris, parce qu'on avait faim.

A Dinochau!... à Dinochau!...

En littérature, je n'ai pas de meilleur ami que Charles Monselet. Quand nous nous rencontrons, c'est plaisir en mon cœur. Nous causons d'autrefois, et souvent même nous nous plaignons d'aujourd'hui. Aussi, est-ce avec rage que je voudrais aplatir ce faux gastronome qui n'a que de l'esprit pour assaisonner ses plats.

Au fait, parlons-lui d'autrefois. Il y a longtemps de cela, près de vingt ans. Il vint un jour chez moi et resta pour dîner.

— Ne vous inquiétez pas, me dit-il, je vais vous chercher de quoi faire un excellent repas, et cela sans fatiguer votre cuisinière.

Il sortit. On mit le couvert, et le dîner simple qui m'attendait fut remisé. Monselet n'allait-il pas revenir surchargé de terrines, de poissons de luxe, de hautes pâtisseries.

Monselet revint. Mais, hélas, que rapportaitil, le malheureux!... Dans des papiers graisseux, des morceaux de dinde, des goujons frits depuis une heure, des écrevisses puantes. Et le tout avait été acheté dans une rôtisserie nauséabonde de la rue Dauphine. J'en étais empoisonné. On jeta le tout par la fenêtre ; et nous allâmes chez Foyot.

Voilà l'homme qui s'exclame lorsque je lui conseille bien doucettement d'essayer de la bisque après le rôti !...

Aux gémonies de la place Bréda !... à Dinochau ! à Dinochau !...

Monselet est donc bien digne d'être le Brillat-Savarin du bonapartiste.

Lorsque celui-ci fera débauche, voici comment il dînera :

S'il mange des huîtres, il aura le soin de les faire servir avant le potage. C'est un usage des garçons de restaurant auquel il se conformera.

D'ailleurs, il est possible qu'il ne mange pas

d'huîtres. Ne sait pas manger les huîtres qui veut.

Le légitimiste consomme à son dîner la marenne ébarbée ; à déjeuner l'arcachonaise, vulgairement dénommée l'armoricaine.

L'orléaniste, l'ostende.

Le bonapartiste, la cancale, avec du poivre et du citron!... et, même, de préférence, l'escargot.

Il débutera donc par des escargots, qu'il arrosera de chablis. Il aura grand appétit, se grisera avec du bourgogne, et, au dessert, parlera de *sa gloire*. S'il a des femmes, il les condamnera à la chanson de Béranger, ce bonapartiste par naïveté.

Il aura un dessert de sous-officier. Il boira du punch, et, circonstance aggravante, le fera brûler lui-même.

Et si une des femmes qui l'entourent exprime, en regardant avec extase la flamme bleuâtre, ce désir tout neuf : — « Oh ! je voudrais avoir une robe de cette nuance ! » il sourira.

En politique, l'action de faire brûler un punch

est le signe d'un grand désordre dans l'opinion et souvent même d'une absence complète d'esprit.

S'il est très-riche, il entretiendra publiquement des femmes tapageuses, et finira, dominé par le tendre amour, par épouser une de ses maîtresses.

Il aura peut-être des passions envahissantes. Le sang usurpateur brûlera dans ses veines. Il voudra dépasser les bornes, aller au delà, étendre ses conquêtes. Qu'il écoute un conseil : Ce n'est peut-être plus ni l'époque ni le moment de ces fredaines. Que le scandale étouffé de la rue Marbeuf soit toujours présent à son esprit.

Cherchez la femme, disait un magistrat. Il ne faut pas qu'un jour ledit magistrat retourne ce mot au masculin : *Quœrite hominem.*

Ce n'est pas le bonapartiste qui fera des plaisanteries sur les titres. Il sera, au contraire, très-friand de noblesse. Et si le nom de son village natal est gentil, il s'empressera de l'adapter au sien. Aussi n'autorisera-t-il pas que l'on plaisante devant lui les Persigny, Montpayroux et consorts.

Il possèdera une fortune de Bourse, à moins qu'il ne soit enrichi dans les démolissements de Paris.

S'il fait courir, il donnera à ses chevaux les noms des misérables les plus hostiles à l'empire : Rochefort, Hugo, Gambetta.

Très-amateur des *premières*, il paiera un prix fou une stalle d'orchestre. Si la pièce est du maire de Marly, il se pâmera d'aise. Et dans la salle il regardera ses dieux avec amour. Il lorgnera avec orgueil M. Paul de Cassagnac ; il suppliera ses voisins de lui montrer Saint-Genest. Il donnera même un sourire à la loge du *Figaro*, où il y a tant de bonapartistes prêts à partir. Et lorsque son cœur sera saturé de ces joies, il noiera son regard dans le fouillis parfumé des femmes.

Mais, à l'encontre du légitimiste, il y aura des défaillances dans le luxueux de sa vie. Il abandonnera parfois ce rôle doré pour redevenir lui-même. Et, après avoir dépensé vingt-cinq louis à un souper de cocotes, il déjeunera le lendemain avec des tripes à la mode de Caen, puis il allumera une pipe.

LE JOURNALISTE.

—

S'il est de la haute école, il y aura une salle d'armes attenante au cabinet de rédaction. Son style sera un stylet, et ses épées ses pièces de conviction.

Dans sa démarche on reconnaîtra l'homme qui a des sandales pour pantoufles et un plastron pour gilet de flanelle.

S'il a du talent, on le lira comme on lit du Veuillot, par curiosité, distraction de la foire.

Comme le journal bonapartiste a d'ordinaire une caisse atteinte de phthisie, le journaliste ne sera pas gai.

S'il est cependant de caractère amusant, il essaiera de monter de temps à autre à la tribune du *Figaro*, où il y a place pour tous les partis. Ses articles contrebalanceront l'effet attristant des productions de l'érudit Jouvin.

Les lettres de M. le comte de Chambord le feront sourire, le silence du comte de Paris le rendra rêveur, mais les discours de Gambetta lui procureront des accès tétaniques. Et il jettera sans cesse Pipe-en-Bois à la tête de ce tribun.

Vis à vis de Ranc il se tiendra sur la réserve. Quant aux radicaux, il les dénoncera, et les dénoncera sans cesse. Et quoi qu'il advienne, le grand sabre de M. Ladmirault sera toujours le plus beau jour de sa vie.

Le jour de la sainte Eugénie, il fera appel à ses meilleurs clichés, écrira l'article larmoyant et se délectera dans les lits des cholériques d'Amiens.

Il ne devra pas passer, non plus, sous silence,

la fête du petit Conneau. Ce sera le prétexte d'un délicieux intérieur de Chilsehurst fait dans la manière du petit Grandisson.

Lorsqu'il aura affaire aux légitimistes, il leur rappellera sans cesse la terreur blanche et la mort du général Brune.

Pour les radicaux, les otages, les otages et toujours les otages.

Mais si on lui dit un mot du duc d'Enghien, il deviendra sourd comme s'il sortait d'un concert de tambours.

Il rappellera sans cesse les dix-huit années de prospérité, et terminera tous ses articles par une apothéose à la manière du Châtelet où l'on verra le Paris nouveau illuminé aux feux de Bengale, ces précurseurs du feu de pétrole. Il fera ressortir les grands avantages des guerres de Crimée et d'Italie, et ne soufflera pas mot du Mexique.

Si la crue de la Seine devient menaçante, vite l'article de l'homme du 2 Décembre se jetant dans une barque pour courir au secours des inondés.

Si un personnage éminent est au moment de la mort, il s'écriera avec regret :

— Ah ! où est le temps où l'on voyait, à l'heure suprême, arriver, seul, un monsieur, en habit noir, qui venait serrer la main à l'illustre moribond !...

Il y aura des journalistes spéciaux pour la province, et particulièrement pour les villes où l'on aurait l'intention de jouer *Rabagas*. Le journaliste-Rabagas exigera une haute paye, car il devra s'attendre à tout. Le soir de la première — en même temps de la dernière, — il viendra au théâtre avec un chapeau à larges bords en feutre très-résistant, et il relèvera le collet de son paletot, car il aura à recevoir, des galeries, des projectiles de toutes sortes : peaux d'oranges, sucres d'orge, doux au goût mais non au choc ; pommes crues, et, au paroxysme, petits bancs. — Il aura soin que les épithètes malsonnantes n'atteignent pas la hauteur de son mépris.

Dans la journée, il aura eu la précaution de passer quelques heures au gymnase de la ville, afin de pouvoir enjamber les banquettes, poursuivre ses ennemis dans les recoins du parterre, et même les fuir, en bon ordre, dans les baignoires les plus profondes.

S'il y a eu, sur la place, des horions et des coups de crosses, il s'en consolera dans l'amitié du colonel.

Mais sa plus douce récompense sera une lettre autographe de M. Sardou, ce vaillant et courageux lutteur.

Une soirée de *Rabagas* sera comptée au journaliste comme une année de campagne.

Il y a aussi le journaliste amusant. J'en ai connu un assez intimement, et je vais en donner le croquis.

C'était à Bordeaux. Il se nommait M. Durand, et jouissait d'une bonne réputation; un fort honnête homme au fond.

Il était directeur d'un journal assez important, le *Mémorial bordelais*. Son influence agissait sur les élections. On l'aimait à la Préfecture.

Mais il avait une marotte, celle d'être l'ami intime de l'empereur. Ce grotesque solennel avait été décoré pour un député ou deux que son journal prétendait avoir envoyés à la Chambre.

Un jour, je le rencontre sur le boulevard, à Paris.

— Comment vous portez-vous, monsieur Durand ?

— Très-bien, je vous remercie. J'arrive de Saint-Cloud.

— Vous aviez une audience.

— Une audience !... Pas du tout. J'ai fait passer ma carte. Durand ! s'est écriée une voix, qu'il entre à l'instant. Cette voix était celle de l'empereur. Il me donna une poignée de main. Quel homme simple et bon !... Il faisait très-chaud ; il était en manches de chemise. Il voulut s'excuser de me recevoir ainsi. Et comme l'impératrice traversait l'appartement, il dit :

— Eugénie, voici notre ami Durand... Tu sais bien, Durand de Bordeaux. Il vient déjeuner avec nous. Car vous déjeunez avec nous, Durand ?

J'acceptai. Le repas fut très-gai. Il me parla de Bordeaux, et le prince impérial voulut bien me permettre de l'embrasser. Quels braves gens, mon Dieu!... Et quand je pense à l'opposition, cela me surpasse!...

Je le revis à Bordeaux. Durand recevait tous les jours une lettre de son ami. Il donnait même à entendre que ce dernier lui faisait parfois passer des articles pour le *Mémorial.* Aussi, quand je le rencontrais, je ne manquais pas de lui dire :

— Comment se porte l'empereur?

— Très-bien, me répondait-il sérieusement.

Un jour, je me trouvai avec lui dans le train de Bayonne. La cour était à Biarritz.

— Vous allez aux bains de mer, monsieur Durand?

— Oui, j'ai reçu un petit mot ce matin, je suis attendu. L'empereur a besoin de moi. Et vous comprenez, comme je sais qu'il m'aime beaucoup et que je le lui rends bien, j'ai tout quitté pour me rendre à son désir.

Dans ce même compartiment était un directeur de théâtre, Carpier, qui eut longtemps la direction des Variétés. Carpier conduisait une troupe d'opéra à Biarritz et comptait beaucoup sur le séjour de la cour pour faire une excellente saison.

Je lui présentai l'ami de l'empereur. Celui-ci lui promit d'obtenir de son auguste ami qu'il assisterait au moins deux fois par semaine à ses représentations.

Carpier, tout heureux, parlait déjà de télégraphier à Paris pour engager deux ou trois étoiles. Mais je lui donnai le conseil de modérer ces élans.

Le lendemain, à Biarritz, je déjeunai avec Durand au café Laurent. Il était en habit noir.

— Ah! vous allez à la villa?

— Oui, tout à l'heure. J'aurais bien pu aller y déjeuner, mais je n'aime pas beaucoup manger avec tant de monde, quoique l'empereur soit bien simple dans ses goûts, mon Dieu!...

J'eus la cruauté de l'accompagner jusqu'à la

porte de l'avenue du palais impérial. Durand se mit à tousser.

— Vous êtes enrhumé ?

— Oui, c'est cet habit noir qui m'a fait attraper froid ce matin. Aussi, je remets ma visite à demain. L'empereur n'aime pas à entendre tousser, je le sais.

Le lendemain, Durand m'échappa un instant. Je m'en consolai en prenant un bain. Comme je revenais de la plage, je l'aperçus qui descendait affairé, toujours en habit noir.

— Je reviens du château, me dit-il, j'y ai déjeuné !

— Vous n'avez pas toussé?

— Si, un peu, mais ils sont si indulgents !... L'empereur a dit à un domestique : Donnez donc un crachoir à Durand.

Au même instant, Carpier se présenta devant nous.

— Eh bien ? fit-il, s'adressant à Durand.

— Eh bien, c'est entendu, IL viendra tous les dimanches, même le jeudi, et plus souvent si vous avez un bon ballet.

Carpier, transporté, courut au télégraphe et commanda les étoiles en question.

Le dimanche suivant, grand spectacle. Les places étaient indistinctement à 10 fr. Le chef d'orchestre avait mis sa cravate blanche la plus immaculée. Carpier se tenait à la porte avec le candélabre traditionnel.

Un monsieur en habit noir apparaît dans la loge de l'empereur. La cravate immaculée donne aussitôt le signal, et l'orchestre entame l'inévitable « *Partant pour la Syrie.* »

Mais il s'interrompt tout à coup. Ce n'était pas l'empereur. C'était Durand qui venait s'asseoir sans façon dans la loge de son ami.

L'empereur ne vint pas une seule fois au théâtre. Carpier fit un four complet. Mais Durand, de retour à Bordeaux, disait à tous :

— Il a été charmant pour moi... Ah ! c'est un bien bon ami !...

Durand est mort avant la chute de l'empire. Mais un journaliste du caractère de Durand est immortel.

Aussi, des paysans anglais assurent apercevoir, la nuit, un être étrange, revêtu d'un habit noir boutonné, long et maigre, grelottant, qui rôde autour de Chislhurst-parc.

C'est l'âme de Durand qui reprend ainsi forme humaine, afin de veiller sur son ami, l'auguste exilé.

LE FANTAISISTE.

—

Chez le bonapartiste nous trouverons peu d'éléments fantaisistes. Le régime de la force laisse peu de chose à l'esprit et à l'*humour*. C'est une caste trop neuve ; par conséquent, non encore assez polie. Et cette fantaisie que nous cherchons, tout au plus la trouverons-nous, dans le haut de la société bonapartiste.

Ainsi, l'empereur a été certainement fantaisiste à certaines heures. Son cousin du Palais-

Royal et sa cousine de la rue de Courcelles l'étaient encore plus que lui, par la raison qu'ils avaient plus de loisirs.

Personne n'a oublié la fantaisie de la Maison romaine, où le gros et bon Gautier fut acteur dans une pièce antique.

La princesse de Metternich a été longtemps une des fantaisies élégantes du règne.

Il y a eu aussi les fantaisies publiques :

Léotard, Thérésa, Rigolboche, Offenbach, les tables tournantes, Nadar, les départs et retours de troupes, Timothée Trimm, les blouses blanches.

Puis les fantaisies sérieuses et fatales :

Rochefort, Victor Noir.

Mais le plus spirituellement fantaisiste fut, bien sûr, le duc de Morny. Le duc de Morny était un parfait gentilhomme par les La Pagerie; aussi, dans cette famille où le sang corse abonde, et où le cachet aristocratique n'appartenait pas à tous, cet homme d'esprit dominait la cour de toute sa distinction native. De cet édifice lourd et massif il s'élevait, couronnement élégant, comme ces galeries mauresques sveltes et dentelées.

Il aimait les belles choses, le luxe intelligent, les richesses artistiques, et se plaisait aux arts futiles.

En voici d'ailleurs un exemple :

M. de Morny était président de la Chambre des députés.

Un jour il se fit beaucoup attendre. Les montres de ces messieurs disaient deux heures et demie passées, et le fauteuil de la présidence n'était pas encore occupé. On commençait à s'inquiéter. Mais un des huissiers de la Chambre rassura tout le monde. M. de Morny allait descendre.

M. de Morny ne descendait pas. Un des familiers voulut connaître par lui-même la cause de ce retard. Il monta à l'hôtel de la présidence et pénétra jusqu'à la porte du cabinet du duc.

On parlait haut dans ce cabinet. C'était une discussion à deux voix.

Le familier n'osa pas entrer, mais il entendit cet étrange dialogue :

— Mais cela gâterait tout l'effet, monsieur le duc !... cela ne se peut pas.

— Je vous dis moi qu'il faut que Cabochard reçoive un coup de fourche dans le fond de la culotte ; elle est déchirée, et un bout de la chemise apparaît.

—Non pas, gardons cet effet pour la scène XII.

— A la scène XII, nous lui enlevons sa perruque.

— Cela ne suffirait plus, surtout après la situation de la culotte à la scène VIII. Tandis que nous avons une scène XII complète, culotte et perruque. Croyez-en mon expérience du théâtre. D'ailleurs, vous en jugerez à la répétition.

— L'expérience du théâtre! oui, vous l'avez, mais comme acteur seulement. Moi, je l'ai comme spectateur. C'est vous qui faites la scène, mais c'est moi qui la vois et la juge. Ah, mon Dieu, quelle heure est-il ? Et la Chambre qui

4

m'attend !... Il faut trouver quelque chose pour la scène VIII.

— Oui, mais pas la culotte.

— Si, si, la culotte.

Et le duc descendit le grand escalier qui conduit au palais législatif. Les tambours battirent aux champs, et M. de Morny répétait :

— Confondre la situation de la culotte avec celle de la perruque, mais c'est gaspiller ses moyens ! L'action traînera, c'est certain.

M. de Larochejacquelin a la parole.

La gauche lance quelques interruptions dans ses périodes un peu légitimistes encore à cette époque. M. de Morny, pensif, préoccupé, fait respecter le droit de l'orateur.

Tout à coup, il prend une grande feuille de papier, écrit quelques mots, plie, met sous enveloppe et scelle. Ordre est donné de faire porter cette dépêche à l'instant.

Une estafette part au galop. Le public qui

l'aperçoit franchir le pont de la Concorde se dit :

— Cela chauffe à la Chambre ; communications à l'empereur.

Mais l'estafette ne s'arrête pas aux Tuileries. Elle atteint les boulevards, entre dans la rue du Sentier et s'arrête au numéro 2.

Le concierge, averti par le piaffement du cheval, vient prendre la dépêche.

Il la monte aussitôt a M. Lafontaine, artiste du Gymnase. En voici le contenu :

« J'ai réfléchi. Je vous abandonne la culotte pour la scène XII, mais il faut, à la scène VIII, faire verser sur la tête de Cabochard un vase d'eaux ménagères. Ce moyen réussit toujours ; on rira jusqu'à la scène XII. Activez, car ma soirée est pour le 15. »

C'était une pochade à laquelle travaillait le duc, et que *M. de Saint-Rémy* devait faire représenter à l'hôtel de la Présidence le dimanche suivant.

Quand le bonapartiste aura le talent de présider une assemblée législative avec le tact et la fermeté que M. de Morny apportait à cette haute fonction, nous l'autoriserons à écrire des niaiseries de la force de *M. Choufleury restera chez lui.*

M. Fialin (de Persigny), un autre duc, eut aussi quelques fantaisies.

Nous n'en citerons qu'une. Lorsqu'il habitait son château de Chamarande, il se donnait le plaisir, lorsqu'il voulait rentrer dans Paris, de descendre l'avenue qui aboutissait à la ligne du chemin de fer d'Orléans. C'était en pleins champs, loin de toute station. Il se plaçait sur la voie, et lorsqu'un train express arrivait à toute vitesse, il levait sa canne, au bout de laquelle il avait eu le soin d'attacher un foulard rouge. Le mécanicien n'y comprenait rien, mais voyant un monsieur qui menaçait de se faire écraser, et puis, intimidé par le foulard rouge, il arrêtait le train.

M. le ministre le saluait et montait dans un compartiment.

Pendant toute une saison, le duc de Persigny agit ainsi sans façon et se plut à arrêter les trains avec sa canne.

La compagnie s'en émut, et afin de prévenir des accidents, on créa la station de Chamarande. Depuis la chute de l'empire, cette station est devenue inutile; mais, c'est égal, les trains, par habitude, s'y arrêtent religieusement.

Et, il y a, certainement, des administrateurs de la compagnie qui espèrent, dans l'avenir, voir surgir un jour à l'horizon une canne ministérielle qui arrêtera le train aux yeux rouges.

Le bonapartiste ne blâmera nullement cette haute gaminerie de l'ex-ministre. Sous le régime autoritaire, on a le droit de passer par-dessus les règlements publics.

Le bonapartiste approuvera aussi hautement la manière de recevoir les témoins employée par l'élégant prince Pierre. Ce sera même une des fantaisies du règne qui le fera le plus rire. Il pourra même, s'il en est capable, commettre des jeux de mots et le nommer, par exemple, le prince Pierre à fusil. Et si, dans sa société, le mot fait rire, il sera autorisé à le répéter trois fois.

Ne refusons rien au bonapartiste fantaisiste.

LE BONAPARTEUX

—

Le bonaparteux est tout uniment le bonapartiste devenu gâteux et idiot. Il n'est pas méchant, mais d'une naïveté et d'une foi qui n'ont d'équivalent que la bêtise dans toute l'ampleur de la chose.

Le bonaparteux n'a pas de préjugés. Il serait de la police au besoin. Il ne doute de rien. Si on lui parle de l'amour du paysan pour la famille impériale, il le croit. C'est lui qui demande sans cesse l'appel au peuple. Il est convaincu que cela lui réussirait. Il y a toujours dans les partis tombés des aliénés de cette force.

M. de Genoude qui, cependant, n'était pas le premier venu en journalisme, a réclamé toute sa vie le suffrage universel. On sait combien cela a servi à sa cause.

Le bonaparteux a confiance dans les généraux, les évèques, les invalides. Il est convaincu que toutes ces notabilités sont embrasées du même amour que celui qui le dévore et le soutient.

C'est lui qui, en 1851, parcourait les campagnes, assurant aux paysans que c'était le vieil empereur lui-même, celui d'Austerlitz et d'Iéna qui revenait.

Le bonaparteux a eu le soin d'avoir un fils le 16 mars 1856 ; il l'a nommé *Ugène*, et lui a fait faire sa première communion le même jour que le prince impérial. Et, en cela, le fils du bonaparteux fut plus favorisé que le petit Conneau, lequel ne put accomplir ce grand acte religieux que le lendemain.

Mais le bonaparteux est du peuple, et que de choses n'a pas dites l'empereur en *faveur du peuple français*.

C'est le bonaparteux qui, le 15 août, s'habillait avec des uniformes de hussards de 1806. Comme aujourd'hui un pareil travestissement ferait trop rire, et que l'on ne doit pas être gai sous la République, notre maniaque devra se déguiser de la sorte à huis clos, et seulement pour la joie de sa famille.

Le bonaparteux ne lira pas; mais il aura sur la table de son salon — ou sur sa table de nuit s'il n'a pas de salon — *la Vie de césar*, et les œuvres de Belmontet. Il faut bien que ces livres aillent quelque part.

On le verra, n'ayant pas conscience de ses actes, en public, au théâtre, en chemin de fer, déployer sans pudeur un journal comme *le Gaulois* ou *l'Ordre*, et cela au risque de compromettre sa famille.

Il fera sans cesse abus de cette locution : « Ah, sous l'empire, c'était autre chose!... »

En effet, sous l'empire, on s'enrichissait, on vendait de tout, on était aux anges, on ne se plaignait pas, on bourrait ses tiroirs d'obligations du Mexique, et l'on voyait passer de beaux soldats.

Seulement, comme dans la fable du *Lion malade*, on ne les voyait pas revenir. Mais le bonaparteux s'inquiétait peu de cela.

Il faudra entretenir la race du bonaparteux. C'est un bon Pangloss, pas méchant, et même amusant.

J'ai eu le bonheur dans ma vie d'en fréquenter un tout à fait excellent. C'était Bertoglio. Il était commissaire de police du quartier de la Comédie-Française. Il avait agi au coup d'Etat. C'était un bon, mais aussi c'était un type.

Lorsqu'il parlait de l'empereur il avait les larmes aux yeux. Il est vrai qu'il buvait beaucoup d'eau-de-vie, et recevait aussi du château, lorsque la cour était en chasse, des quartiers de chevreuil et des faisans.

Mais ce qui surprendra, ce qui dira l'affaissement d'une des plus belles intelligences du siècle, c'est qu'il était l'ami d'Alfred de Musset !...

Alfred de Musset jouait aux échecs avec Bertoglio !... Et, le croirait-on, l'auteur des *Confessions* se laissait malmener par Bertoglio !...

Car Bertoglio faisait des vers, le malheureux! Et il les lisait le soir au café de la Régence à son ami. Plus il en lisait, plus Musset versait d'absinthe dans sa bière. Si bien qu'il en arrivait à une ivresse qui le couchait sur le divan; et Bertoglio lui criait de sa grosse voix :

— Allons, ivrogne, relève-toi!... Veux-tu m'écouter... Dieu, que c'est humiliant d'avoir un confrère aussi abruti. Ecoute-moi, ou je te fais mener au poste.

Et Musset, intimidé, abruti, se redressait et écoutait.

Alfred de Musset mourut à la peine. Le matin de ses funérailles il n'y avait qu'une personne dans la chambre mortuaire, Bertoglio, qui pleurait!... et buvait de l'eau-de-vie.

Bertoglio, devenu de plus en plus bonaparteux, passait, après la mort de *son ami*, ses soirées au café Minerve, tenu par Grassot.

Je l'y rencontrai quelquefois. Souvent après minuit il buvait encore.

Les volets étaient mis. On avait fermé. Grassot, fatigué du théâtre où il avait joué le *Punch*, s'endormait.

— M. Bertoglio, il est une heure du matin.

— Qu'est-ce que cela me fait, polichinelle.

Le garçon éteignait un ou deux becs de gaz.

— Grassot, si tu fais éteindre je te dresse un procès-verbal!

Et cette boutade le faisait rire aux éclats, cet excellent bonaparteux.

LE RURAL.

—

Pour ses voisins, le bonapartiste rural sera le *capitaine* ou le *colonel*; cela dépendra des contrées. Dans les pays très-riches, ce sera le *général*.

Il jouira d'une excellente réputation; et sa probité, dont d'ailleurs il ne fera point mystère, sera inattaquable. Il aspirera au titre de soldat laboureur.

Le séjour des champs moralise le bonapartiste.

Il se vêtira crânement et se promènera sur ses terres, coiffé d'un bonnet de police. Il est bon qu'il ait eu un pied gelé en Crimée; cela lui vaut la douce sollicitude des dames du pays.

Les pieds gelés de la campagne de Russie et de la Bérésina deviennent excessivement rares.

Lorsqu'il aura des attaques de sciatique, il jurera comme un mécréant. Mais ces jurements n'auront aucun caractère blasphématoire, et le curé de la paroisse pourra les entendre sans frémir.

Ce curé de la paroisse, dans ces moments de douleurs, lui reprochant son peu de patience, lui dira :

— Allons, du courage, mon frère d'armes; car, moi-même, ne suis-je pas un vieux soldat du Christ !

Ce mot plaira beaucoup au bonapartiste, surtout si ce curé fait la partie d'échecs avec lui.

Le rural ne sera ni philosophe, ni libre-penseur. Tant qu'il sera en bonne santé, il se montrera très-indifférent. Il plaisantera même le vicaire, à propos de ses pénitentes. Mais l'âge modifiera un peu ses habitudes, surtout si le curé devient un habitué de sa maison.

Ainsi, à cinquante ans, il commencera à faire maigre le vendredi.

De cinquante-cinq à soixante, il laissera croire au pasteur qu'il se confesse à un ancien aumônier de régiment qui réside au chef-lieu. Après soixante ans, fatigué de ce mensonge, il se confessera réellement à son curé. A soixante-cinq ans, il communiera à Pâques. Dix ans plus tard, il se rappellera peut-être qu'il n'a pas été confirmé. On fera venir l'évêque, qui descendra chez lui, et, sacrebleu!... il recevra la confirmation.

Puis après, ce sera le vieux soldat, dessiné à la Charlet, que l'on aperçoit sur le premier plan, dans les gravures du *Monde illustré*, représentant les pèlerinages.

Sous l'empire, le jour du *Domine salvum*, sa voix dominait celle des chantres. Maintenant ce n'est plus qu'un murmure dans le pays *général*, une plainte dans la contrée *colonel*, un grognement dans la localité *capitaine*.

En politique il sera toujours mécontent. Les feuilles de son parti, elles-mêmes, ne le satisferont pas ; il les trouvera trop inactives, trop tièdes. — S'il est lettré, de temps à autre il adressera à son journal un article des plus violents, et la non-insertion de cet article le rendra, lui-même, plus violent encore.

Pour ses fermiers et ses paysans, il sera, à tout prendre, un bon homme. Et, s'il ne fait pas trop cause commune avec le « vieux soldat du Christ, » on l'estimera dans le canton.

Ses mœurs ne seront pas mauvaises. Mais, en cas de veuvage, il aura près de lui une ancienne bonne, sur le compte de laquelle on jasera peut-être un peu, car cette dévouée servante ne se gênera pas, lorsqu'elle sera seule avec lui, de le traiter de vieil imbécile. Et s'il grogne trop, elle lui cachera la vieille pipe culottée représentant le petit caporal en redingote grise.

Il jouira, d'ailleurs, d'une domesticité fort bien dressée. Personne ne bronchera. De ces valets dont le dévoûment se cote d'après le gage, et si facilement respectueux, qu'en vérité ils n'ont de respect pour personne. Un rien les transfigure. Si un accident de fortune vient érafler l'épiderme de leur plate servilité, aussitôt on voit suinter la grossière et ingrate injure.

Le vieux domestique dévoué et bourru ne se rencontrera jamais sous son toit. Il s'en consolera par l'attachement d'un chien ridiculement laid, rogneux et hargneux qui répondra au nom de Marengo.

Marengo sera tout à fait insociable, et portera le trouble dans toutes les basse-cours. En plein salon il commettra les actes les plus énormes. Mais on le tolérera. Il entrera même à l'église, et lorsque les chantres se mettront en train, il se placera en face du serpent et aboiera en signe de mécontentement.

De temps en temps le bonapartiste criera : Silence, Marengo !... Mais, Marengo, croyant que c'est un encouragement, jappera encore plus fort. — Un jour il viendra mourir à la porte de son maître. Et celui-ci grommelera :

— Ces misérables républicains, ils ont empoisonné mon chien !...

Avant que le ramollissement ne l'ait pas tout à fait envahi, de vieilles filles du pays s'accrocheront peut-être à l'espoir de le voir, un matin, choisir l'une d'elles pour la conduire à l'autel.

Quand il dînera chez ces chastes caducités, on sera pour lui aux petits soins. On n'oubliera pas la chancelière dans le pays *général*, le crachoir dans la contrée *colonel*, et, dans la localité *capitaine*, ces dames l'assureront que l'odeur de la pipe ne leur est pas désagréable.

S'il a assisté à un fait d'armes mémorable, il le racontera sans cesse au dessert ; et, cela, avec des détails tellement affreux de réalisme, que l'on s'étonnera, également sans cesse, qu'après un pareil massacre il soit encore vivant. Les dévotes lui diront d'en remercier bien Dieu, et chercheront à le scapulariser. Les mondaines, à propos de ses blessures, lui procureront des onguents infaillibles, et les hystériques le supplieront de leur permettre de lui guérir ses cors Ce sera un coq en pâte.

Comme homme politique, il sera très-remuant. Ainsi que le cléricalisme, le bonapartisme travaille par les simples et les niais, qu'il nomme improprement le peuple. Il marchera donc de concert avec la *marguillerie* de la paroisse. Il rappellera combien le pape a été soutenu par Napoléon III, et surtout par l'inventrice du ballet des abeilles aux Tuileries.

Et, lorsqu'il se fera une élection dans l'arrondissement, pour envoyer le candidat qui aura le plus de voix au théâtre de Versailles, il se mettra sur les rangs. Dans sa profession de foi, s'il a un républicain pour compétiteur, il rira à gorge déployée des actes de la Défense nationale, et présentera le terrible Ducrot comme une victime du gouvernement, dont Trochu sera le complice.

Au dépouillement du scrutin, il lancera un juron à faire boucher le nez à l'âme de Cambronne. S'il est entendu, cela scandalisera bien des bonnes âmes, mais les trente-cinq voix qu'il aura réunies le justifieront suffisamment.

Après deux ou trois échecs de cet acabit, il s'adonnera tout à fait à l'agriculture, et deviendra peut-être alors un homme utile.

Il se livrera peut-être à des travaux militaires. Il écrira pour le *Moniteur de l'armée* des articles pratiques sur des sujets de première nécessité, avec des titres de cette force : « De la forme du schako au point de vue de la Revanche. » Ou : « De la jambière serrée à la malléole, en vue des précipitations en bon ordre. »

Et si le *Moniteur de l'armée* ne les insère pas, il se consolera en disant : — Eh bien, je les donnerai à la *Revue des deux Mondes !*

Le bonapartiste rural n'est pas toujours un ancien militaire. Ce sera quelquefois un engraissé de l'empire, et, tellement riche, que, ma foi, il distancera ses concurrents et sera élu. Celui-là ne rendra que peu de services à ses commettants. A toute demande d'intérêt local, il répondra comme l'auguste vieillard du Vatican : *Non possumus.*

En effet, que peut-on faire en république, si ce n'est d'essayer de la renverser. C'est pour arriver à ce but qu'il ira souvent en Angleterre, aux frais de cette affreuse république qui lui comptera régulièrement sept cent cinquante francs par mois.

A la Chambre, il parlera rarement. Mais lorsqu'un membre de la gauche sera à la tribune, il l'interrompra du couteau à papier, du talon de botte, de l'éternument, du bâillement convulsif, de tout; et, ces trépidations, oscitations et convulsions seront d'une éloquence à laquelle il ne manquera que la parole.

L'épithète donnée par le maréchal Soult, « Foutriquet, » lui plaira beaucoup et il l'emploiera sans cesse.

Toutefois, il se montrera indifférent vis-à-vis le flot des dissolutionistes.

Le bonapartiste, conséquence fatale de sa cause, mourra par le sang. Une congestion terminera sa carrière. S'il fut un vaillant guerrier, avant d'expirer, dans le délire de l'agonie, il donnera des ordres à un état-major imaginaire et enlèvera une redoute.

S'il est député, il ne dira mot.

LE BONAPARTISTE PAUVRE.

Il y aura deux genres de bonapartistes pauvres : le rat de ville et le rat des champs.

C'est certainement au village que nous trouverons le meilleur. Ce sera un brave homme, très-borné, très-patriote. Le chauvinisme en sabots. Il aura le garde champêtre pour ami. Ils fumeront la pipe ensemble et se persuaderont qu'ils ont eu des maîtresses. Après boire ils se convaincront qu'ils en ont encore.

Tant qu'il se sentira en santé, il plaisantera le curé. Mais, à l'heure de la maladie, il n'y en aura que pour lui de la confession.

Le citadin se montrera moins naïf. Il en voudra un peu à tout le monde. Ses prétentions, d'ailleurs, ne s'élèveront pas au-dessus d'un certain niveau. Ses yeux seront sans cesse fixés sur l'arche sainte du bonapartisme, la préfecture de police. Une place de commissaire, voilà son rêve.

Bien loin d'accepter sa pauvreté avec philosophie, il maugréera sans cesse. On aura oublié ses services, on le paiera d'ingratitude. Les hommes du pouvoir lui devront tous quelque chose. Si, autrefois, il n'a pas prêté cinq cents francs à un ami devenu opulent sénateur, il a, du moins, donné des conseils à plus d'un camarade, qui en ont profité au point d'obtenir un portefeuille.

Le vilain vernis dont jouit, en France, la gent policière ne lui répuguera pas tant que cela. S'il n'est pas de l'*Administration*, il s'en défendra mollement. Il le regrettera même beaucoup. Il sera bon à tout, sinon par aptitude, du moins par bonne volonté.

Ses états de service sont curieux.

Sous l'empire, lors des voyages officiels, c'est lui qui précédait le maître dans toutes les villes où il devait stationner. Avant l'arrivée de l'homme *aux yeux étroits*, il organisait l'enthousiasme ; il inventait le vieux soldat centenaire qui venait pleurer de joie sur le passage de l'empereur. Il dressait les petits Bretons qui devaient offrir leur nid de pinsons au prince impérial.

Il eut, un jour, l'idée de placer dans des lits d'hôpital des agents de police bien sains, déguisés en cholériques, afin de recevoir une visite auguste. Mais, on ne sait pas si cette réjouissante proposition fut acceptée. Nous en doutons même beaucoup, car le bonapartiste pauvre a parfois trop de zèle et d'imagination.

Nous le répétons, il n'y a pas de métier qu'il ne fasse. Nous en avons connu un dont l'emploi consistait à renouveler, la nuit, les couronnes d'immortelles accrochées à la grille de la colonne Vendôme, et que les bons journaux assuraient être déposées par les pieuses mains de vieux généraux et d'invalides à sentiment.

Il y a aussi le bonapartiste ruiné.

Un vieux chapeau bossué, teinté de quin-

quina, aux larges rebords imbricés. Un col en crin presque aussi crasseux que le linge qu'il recouvre à peine. Une redingote boutonnée jusqu'au cou, étroite des bras, pincée à la taille et dessinant des hanches osseuses. Un pantalon luisant aux genoux, effiloqué aux talons. Des chaussures éculées trop longues, se redressant au bout comme la proue d'une gondole vénitienne ; et, peut-être, des chaussettes marécageuses.

Voilà l'enveloppe de l'homme. Il fait bien des choses. Porteur de contraintes et de journaux bonapartistes. Prête-nom pour des billets de complaisance.

Evanouisseur dans les drames dont le succès baisse. A la scène émouvante de la pièce un brouhaha se produit aux loges. C'est un vieux monsieur vaincu par l'émotion et que l'on emporte. Le lendemain tous les journaux disent le fait, et la réclame réussit. Le bonapartiste ruiné ayant de fortes moustaches remplira très-bien le rôle d'évanouisseur.

Lorsqu'il fait beau, écouteur d'invalides sur l'Esplanade. Car tout invalide est toujours bien aise de rencontrer une oreille attentive pour pouvoir redire les péripéties de la bataille où il a perdu un membre. Pour la prise du Mamelon-Vert, il bourre la pipe de l'écouteur; pour Solferino, il offre le petit verre.

LES FIDÈLES.

— 1

Ils forment le triangle. Il y a les fidèles des Tuileries, ceux du Palais-Royal et ceux de l'hôtel de la rue de Courcelles. Passons en revue les diverses physionomies de cette triade intéressante.

Le fidèle des Tuileries est ordinairement à la tête d'une fortune qui lui permet cet emploi contemplatif; cela lui crée des distractions, le baigne d'un nuage mystérieux, lui donne une importance aux yeux de la police et lui réserve une belle part en cas de restauration. Il traverse souvent le détroit; et ces petits voyages, qu'il dit très-doux à son cœur, sont, en réalité, excellents pour sa santé. S'il sait écrire, il publie ses impressions.

S'il est usinier, il aura le soin de réduire ses travaux. Les ouvriers qui penseront mal, seront immédiatement congédiés; ceux qu'il conservera, seront diminués. En dehors de l'empire, pas de salut, pas de prospérité, — le deuil, le chômage!... Lui-même, se privera... de donner.

Le jour des rois, il coupera un gâteau dans lequel il y aura une abeille en chocolat. Cette mouche à miel sera pour lui pleine d'amertume. Il choisira une reine parmi les dernières belles femmes de l'empire, et se consolera dans son sein.

Il ne manquera pas d'avoir un petit théâtre de salon. La meilleure pièce sera intitulée : *Le discours du Trône.*

Le théâtre représentera la salle des États. Sur de petits gradins, des sénateurs et des députés liliputiens. Au milieu, le trône et ses marches, ces lits de délivrance des reines. Aux galeries, les belles épaules du règne, avec chacune un numéro d'ordre pour qu'on puisse les reconnaître. Au fond, la foule, les journalistes.

Au premier plan de ces derniers, monsieur de Villemessant, s'inclinant sur le passage de l'empereur. Entrée de Capoul. Frémissement des épaules. L'empereur, représenté par le fils de la maison, prononcera le discours que M. de Villemessant aura depuis la veille dans sa poche. Après le discours, on nommera des nouveaux députés. Au nom de Rochefort, grand éclat de rire de l'empereur.

A cette scène, tous les invités riront aux larmes. Le fidèle se tordra.

Au défilé, M. de Villemessant, représenté par une grosse petite maquette, s'inclinera de plus en plus devant les augustes moustaches, la traîne de la robe impériale et les bas rouges du petit prince. — On ouvrira les fenêtres, et les *reporters* prendront leur vol.

Ces petites représentations intimes seront quelques gouttes de baume sur le cœur endolori du bonapartiste fidèle.

*
* *

Le fidèle du Palais-Royal aura une physionomie différente. Ce sera un amoureux honteux qui ne fera pas parade de cette affection. Il s'en défendra au besoin ; et, même, mis au pied du mur, il fera volte-face et ira se retrancher derrière la réputation qu'a su se faire la femme du prince.

On ne saurait croire combien, en France, ce qualificatif d'honnête femme, une fois acquis, autorise et rachète de choses.

Le fidèle du Palais-Royal donnera à ses enfants une éducation libérale et exclusivement laïque. Nous ne l'en blâmons pas, s'il est de conviction. Le jour de sa fête, il fera déclamer par ces innocents bonapartistes le discours d'Ajaccio.

Aux jours de gaîté, il ira encore plus loin, et demandera le récit du discours prononcé au Palais de l'Industrie, dans lequel discours il trouvera l'élément comique au passage du pantalon auquel manquent les boutons.

Il recherchera les athées, mais surtout ceux qui auront été un peu ministre; et s'il peut mettre la main sur un académicien qui veuille être son convive le vendredi saint, il le conjoyera à une débauche de gigot saignant.

Lorsque certains journaux conspueront *virilement* certaines courtisanes, il protestera, — mais sans bruit.

De temps à autre, il se rendra à Prangins pour manger une truite. Ces truites seront excellentes, car l'influence du voisinage, les dispensant de la douce revalescière, appréciée par le Pape, les maintiendra libres de corps, et, par conséquent, les en guérira pour longtemps.

A tout prendre, il aura le soin de ne pas être une nullité. Il fera la part des réputations forcées et soumises; et, si sa fidélité n'est pas un jour récompensée, du moins, par l'épuration du temps, elle perdra peut-être à la fin de son ridicule actuel.

*
* *

Les fidèles de la rue de Courcelles seront presque tous des poëtes. Il y en aura de gros, de gras, et beaucoup de maigres. Grâce à la protection de la princesse Mathilde, ils auront eu de petits actes sur de grands théâtres. Piètre littérature qui ne fera pas la gloire de l'empire.

Depuis le 4 septembre, vaincus par la douleur, ils affecteront l'apparence des malades de poitrine. Ils seront intéressants, même lorsqu'ils tousseront. Et, quand ils diront des vers, ils humecteront leur voix de quelques larmes.

On apercevra de temps en temps un petit ruban rouge à leur boutonnière. Nous disons de temps en temps, car, selon les variations de la température politique, le poëte fidèle croira prudent de le retirer. Ce sera un bien pénible sacrifice qu'il offrira de grand cœur à la pauvre exilée de la rue de Courcelles.

Toutefois, ce fidèle aura plusieurs cordes à sa lyre. Et il trouvera bien quelques petites ficelles pour le gouvernement existant. La poésie est de tous les régimes. On le lui pardonnera à Saint-Gratien.

Et, la tête penchée, il promènera ses regrets du café de Madrid à la boutique du Barbin du passage Choiseul.

LE DUELLISTE.

—

Ce serait une lacune, pendant un bavardage sur les bonapartistes, de ne pas dire un mot du duelliste.

Le duel est plus ou moins bien vu, selon l'époque. Les derniers Bourbons ne l'approuvaient pas, et cependant on ne s'est jamais tant battu que dans les premières années de la Restauration. — Ce genre d'explication, qui n'estpasprécisément le fruit d'une civilisation bien avancée, devait s'épanouir à l'aise dans la zone politique dont le principe émane de la force destructive.

Mais le bonapartiste a quelque peu déconsidéré le duel. De l'élégante épée de nos ancêtres, il a fait une rapière. Nos pères faisaient des armes, lui ferraille. Il est certain que si, pour avoir raison, il faut tuer quelqu'un, le bonapartiste passera maître en cette sagesse.

Le coup droit est le plus court chemin d'un poing à un autre.

Dans la société du bonapartiste rageur graviteront ces charmants personnages dont l'état est d'être témoins. Ce témoin sera sans pitié; il ne refusera à son client aucune occasion de se faire couper la gorge. Dans les entrevues, il sera moins solennel que grincheur. Sur le terrain, il se sentira aux anges.

Le bon duelliste devra en prendre à son aise sur le pré. Avant de croiser le fer, il se fera les jambes et les jarrets comme une danseuse qui va se lancer sur la scène. Il *battra le mur* contre un tronc d'arbre. Il ôtera ses bottes, — pas les secrètes, — et mettra des chaussures moelleuses et sans talon. Il passera un pantalon large qui lui permettra de bien se fendre à fond.

Tous ces préliminaires troubleront sans doute

un peu l'adversaire; ce sera autant de chance pour le bonapartiste.

Ensuite, comme il faut être prudent dans la vie, le bonapartiste ne commettra pas la faute d'aller sur le terrain avec un adversaire qu'il soupçonne plus fort que lui au fleuret ou à l'espadon. Le bonapartiste tirera toujours à coup sûr. C'est élémentaire.

S'il a quelques amis dans la presse, il ne manquera jamais, avant d'exécuter son homme, de le railler et l'insulter gravement. Il fera des recherches dans son passé, et tout ce qu'il trouvera, il l'étalera aux yeux avides du public. Il est superflu de lui recommander de travestir au besoin les faits qui concernent son ennemi. Calomnier un républicain, voire même un orléaniste, c'est tout simplement pain bénit.

Si, par une cause quelconque, le bonapartiste duelliste a intérêt de passer dans un parti plus avantageux, oh ! alors, son devoir est de devenir féroce en faveur de ce parti qu'honorera son choix.

Un petit exemple à l'appui.

C'était après Waterloo. Les bonapartistes étaient repoussés ; on les harcelait comme bêtes fauves. La terreur blanche ne leur faisait pas merci.

Un ex-bonapartiste devenu royaliste enragé, — on dit qu'il a été fait général depuis, — rencontre sur le boulevard un jeune homme qui portait un bouquet de violettes à la main.

Il s'approche de lui, lui arrache le bouquet, et le jette violemment dans le ruisseau.

Le jeune homme le ramasse, et, se relevant, donne un soufflet à l'agresseur.

On réunit des témoins, et, sur l'heure, on se rend sur le terrain.

A cette époque, avant de se battre, on ne faisait pas pendant huit jours la parade dans les journaux.

Le jeune homme est tué. Avant de mourir, il présente le bouquet de violettes à son adversaire, et lui dit :

— Monsieur, c'est aujourd'hui la fête de ma

mère. Voici le bouquet que je lui destinais. Vous voudrez bien le lui faire remettre.

Et il expira.

Cet adorable forcené devra, dans des circonstances semblables, agir avec beaucoup de circonspection, étudier ses physionomies. Et, afin de le rendre rêveur, voici une seconde anecdote qui contrebalancera peut-être l'effet de la première.

Pendant quelques années de la Restauration, Bordeaux fut la capitale du duel. Presque toutes les scènes que M. Théodore de Grave rapporte dans son livre « *Duels et duellistes* » ont eu cette ville pour théâtre. La municipalité du temps donna le nom de *Coupe-gorge* à la rue où ces nombreux différends se vidaient, et ce nom lui est resté.

Un matin, — c'était pendant les Cent-jours, — un enragé bonapartiste, après déjeuner, s'était placé au coin de la rue Sainte-Catherine et attendait visage à qui parler.

Le marquis de X..., ancien garde du corps,

venait dans sa direction. Lorsqu'il se trouva à deux pas de lui, le bonapartiste mit son sabre en travers du trottoir, à hauteur des genoux, et dit :

— Saute marquis!...

Le marquis qui avait une petite badine à la main lui cingla le visage avec.

Quelques heures après on se trouvait réunis dans la rue Coupe-Gorge. — Le bonapartiste avait deux militaires pour témoins, et, en plus, un chirurgien.

On se mit en garde.

Par une feinte de dégagé et coup droit, le marquis de X... coucha par terre son adversaire.

Et alors, mettant sa badine en travers, il dit au premier témoin :

— Veuillez sauter, monsieur.

On se remit en garde. Par un dégagé et coupé, le premier témoin fut transpercé et tomba.

Alors, s'adressant au second, le marquis, toujours poli, recommença sa première invitation.

— Vous plairait-il de sauter, monsieur?

Le brave militaire refusa naturellement, et l'on dégaîna de nouveau.

Cette fois, il y eut engagement, et un coup de tierce tua le second témoin.

Le marquis de X... se tourna vers le chirurgien :

— Si monsieur voulait sauter?

Le chirurgien sauta.

Il n'y a dans cette physiologie aucune intention politique. Nous nous plaisons à esquisser des caractères et non point des personnages. Aussi, le savons-nous, nous ne contenterons pas tous nos lecteurs. Les uns nous reprocheront de n'avoir pas été assez cinglants, les autres de ne pas nous être montré un peu plus aimable. Par la raison que le bonapartiste ne fait pas notre joie, il n'excite pas notre haine, non plus. A peine s'il nous amuse un peu quand nous l'observons dans ses allures, sa religion grotesque et ses mœurs de parvenu.

Toutefois, il faut le reconnaître, l'empereur n'était pas si antipathique qu'on a bien voulu le dire. Il valait certainement mieux que son entourage. Le prestige l'a longtemps illuminé.

Il avait le talent des actes de sentiment. Il laissait rarement échapper l'occasion de donner du cœur ; et, science inconnue à beaucoup, il savait y penser à propos.

On peut donc condamner la cause, repousser le parti, tout en rendant justice à l'homme.

Et, si nous n'avons jamais salué cet homme au milieu de la foule, parce qu'on sentait combien il devait mépriser la foule, nous ne lui refuserons cependant pas, en face du beau Paris qu'il a fait, le bravo spontané qu'une belle scène unique inspire au spectateur d'un drame qui, mal ébauché, se termine et s'écroule sous les sifflets et les huées.

FIN.

TABLE DES MATIÈRES

Ses amours.. 11
Le viveur.. 16
Le journaliste.. 23
Le fantaisiste.. 34
Le bonaparteux.. 43
Le rural.. 49
Le bonapartiste pauvre.. 58
Les fidèles.. 63
Le duelliste.. 70

FIN DE LA TABLE DES MATIÈRES.

Paris. — Typ. Waldér, rue Bonaparte, 44.

A LA MÊME LIBRAIRIE :

RANALALALULU CXXXIV

PAR

ANGELO DE SORR

DEUXIÈME ÉDITION

Précédée d'une approbation de VICTOR HUGO

Ce livre, sous une forme fantaisiste, est la protestation la plus énergique qui ait été publiée sur les événements de Paris. Dans ces pages, l'auteur relève les nombreuses calomnies répandues à propos du second siége, fait justice de toutes les atrocités commises au nom de l'ordre, et des exagérations propagées par une presse timorée et injuste. C'est une œuvre aussi spirituelle que courageuse, et qui restera.

Paris. — Imprimerie Walder, rue Bonaparte, 44.

CATALOGUE

DE LA

LIBRAIRIE F. SARTORIUS

ÉDITEUR

27, rue de Seine, à PARIS

ROMANS, LITTÉRATURE, VOYAGES

L'ANE A M. MARTIN, par Ch. Paul de Kock, roman inédit, cinquième édition, avec gravure sur acier par E. Leguay d'après Belin. 1 vol in-18 jésus, édition de luxe. . . . . 3 fr.

LA FILLE AUX TROIS JUPONS, par Ch. Paul de Kock, roman inédit, douzième édition, gravure sur acier par Ch. Geoffroy d'après Sandoz. 1 vol. in-18 jésus, édition de luxe. . . . . . 3 fr.

LES ENFANTS DU BOULEVARD, par Ch. Paul de Kock, roman inédit; quatrième édition, gravure sur acier de Ch. Geoffroy, d'après Sandoz. 1 vol. in-18 jésus; édition de luxe. . . . . 3 fr

LE PETIT-FILS DE CARTOUCHE, par Ch. Paul de Kock, roman inédit, quatrième édition, avec gravure sur acier par Ch. Geoffroy d'après Sandoz. 1 vol. in-18 jésus, édition de luxe. . . . . . 3 fr.

LES FEMMES, LE JEU ET LE VIN, par Ch. Paul de Kock, roman inédit, huitième édition, avec gravure sur acier par Ramus d'après Bertall. 1 vol. in-18 jésus, édition de luxe. . . . . 3 fr.

LE SENTIER AUX PRUNES, par Ch. Paul de Kock, roman inédit, quatrième édition, avec gravure sur acier par Colin, d'après Sandoz. 1 vol in-18 jésus, édition de luxe. . . . . 3 fr

LES DEMOISELLES DE MAGASIN, par Ch. Paul de Kock, cinquième édition avec gravures sur acier par Leguay, d'après Sandoz 2 vol. in-18 jésus, édition de luxe. . . . . 6 fr

UNE GRAPPE DE GROSEILLE, par CH. PAUL DE KOCK, roman inédit, troisième édition, avec gravure sur acier par Colin, d'après Belin. 1 vol. in-18 jésus, édition de luxe. . . . . . 3 fr.

LA DAME AUX TROIS CORSETS, par CH. PAUL DE KOCK, roman inédit, troisième édition, avec gravure sur acier par Delannoy, d'après Sandoz. 1 vol. in-18 jésus; édition de luxe. . . . . . 3 fr.

LA PRAIRIE AUX COQUELICOTS, par CH. PAUL DE KOCK, deuxième édition, avec gravures sur acier par Ramus, d'après de Moraine. 2 vol. in-18 jésus, édition de luxe. . . . . 6 fr.

LA BARONNE BLAGUISKOF, par CH. PAUL DE KOCK, roman inédit, troisième édition, avec gravure sur acier par Colin, d'après Belin. 1 vol. in-18 jésus, édition de luxe. . . . . 3 fr.

FLON, FLON, LARIRADONDAINE, par CH. PAUL DE KOCK, deuxième édition, ornée d'un magnifique portrait de l'auteur par Leguay, d'après Sandoz. 1 beau vol. in-18 jésus, édition de luxe. 3 fr.

LES PETITS RUISSEAUX, par CH. PAUL DE KOCK, roman inédit, deuxième édition, avec gravure sur acier par Colin, d'après Belin. 1 vol. in-18 jésus, édition de luxe. . . . . 3 fr.

LE PROFESSEUR FICHECLAQUE, par CH. PAUL DE KOCK, roman inédit, troisième édition, avec gravure sur acier par Leguay, d'après Belin. 1 vol. in-18 jésus, édition de luxe. . . . . . . 3 fr.

LA GRANDE VILLE, par CH. PAUL DE KOCK, troisième édition, avec gravure sur acier par et d'après Ch. Colin. 1 vol. in-18 jésus, édition de luxe. 3 fr.

UNE DRÔLE DE MAISON, par CH. PAUL DE KOCK, roman inédit, quatrième édition, avec gravure sur acier par Colin, d'après Bertall. 1 vol. in-18 jésus, édition de luxe. . . . . 3 fr.

MADAME TAPIN, par CH. PAUL DE KOCK, roman inédit, troisième édition, avec gravure sur acier par Paquien, d'après Sandoz. 1 vol. in-18 jésus, édition de luxe. . . . . 3 fr.

L'HOMME AUX TROIS CULOTTES, par CH. PAUL DE KOCK, deuxième édition, avec gravure sur acier par Leguay, d'après Sandoz. 1 vol. in-18 jésus, édition de luxe. . . . . 3 fr.

UN MARI DONT ON SE MOQUE, par CH. PAUL DE KOCK, roman inédit, troisième édition, avec gravure sur acier par Leguay, d'après Bertall. 1 vol. in-18 jésus, édition de luxe. . . . . . 3 fr.

LE CONCIERGE DE LA RUE DU BAC, par CH. PAUL DE KOCK, deuxième édition, avec gravure sur acier par Colin, d'après Belin. 1 vol in-18 jésus, édition de luxe. . . . . 3 fr

PAPA BEAU-PÈRE, par CH. PAUL DE KOCK, roman inédit, deuxième édition, avec gravure sur acier par Colin, d'après Belin. 1 vol. in-18 jésus, édition de luxe. . . . . 3 fr.

MADAME PANTALON, par CH. PAUL DE KOCK, avec gravure sur acier par Delannoy, d'après Bertall. 1 vol. in-18 jésus, édition de luxe. . . . . 3 fr.

LES BAISERS MAUDITS, par HENRY DE KOCK, roman inédit, cinquième édition, avec portrait sur acier par Leguay, d'après J. Laurens. 1 vol. in-18 jésus édition de luxe. . . . . 3 fr.

LE DÉMON DE L'ALCÔVE, par HENRY DE KOCK, roman inédit, septième édition, avec gravure sur acier par Leguay, d'après Belin. 1 vol. in-18 jésus, édition de luxe. . . . . 3 fr.

JE ME TUERAI DEMAIN, par HENRY DE KOCK, roman inédit, troisième édition, avec vignette sur acier par E. Leguay, d'après Belin. 1 vol. in-18 jésus, édition de luxe. . . . . 3 fr.

NINIE GUIGNON, par HENRY DE KOCK, roman inédit, quatrième édition, orné d'une belle gravure, dessin à la Fragonard, par Sandoz gravé par Outhwaite. 1 vol. in-18 jésus, édition de luxe. . . 3 fr.

LA CHUTE D'UN PETIT, par HENRY DE KOCK, deuxième édition, orné d'une jolie gravure par Torrents. 1 vol. in-18 jésus, édition de luxe. . . . . 3 fr.

LA FÉE AUX AMOURETTES, par HENRY DE KOCK, roman inédit, troisième édition, avec une jolie vignette sur acier, par Leguay, d'après Belin. 1 vol. in-18 jésus, édition de luxe. . 3 fr.

MA PETITE COUSINE, par HENRY DE KOCK, roman inédit, troisième édition, avec une gravure par E. Leguay, d'après Belin. 1 vol. in-18 jésus, édition de luxe. . . . . 3 fr

LA VIE AU HASARD, par Henry de Kock, roman inédit, deuxième édition, avec une gravure sur acier, par Leguay, d'après Mariani. 1 vol. in-18 jésus, édition de luxe. . . . . 3 fr.

NI FILLE, NI FEMME, NI VEUVE, par Henry de Kock, roman inédit, troisième édition, orné d'une gravure sur acier par Colin, d'après Belin. 1 vol. in-18 jésus, édition de luxe. . . 3 fr.

LE CRIME D'HORACE LIGNON, par Henry de Kock, deuxième édition, avec gravure sur acier, par Gervais, d'après de Moraine. 1 vol. in-18 jésus, édition de luxe. . . . . 3 fr.

LA FILLE A SON PÈRE, par Henry de Kock, roman inédit, avec gravure sur acier, par Paquien, d'après Belin 1 vol. in-18 jésus, édition de luxe. 3 fr.

LES MARTYRS INCONNUS, par Léon Gozlan, gravure sur acier par Outhwaite, d'après Sandoz. 1 vol. in-18 jésus, édition de luxe. . . . . 3 fr.

UN DÉBUT DANS L'AMOUR, par Émile Hervet, roman inédit, avec gravure sur acier, par et d'après Geoffroy. 1 vol. in-18 jésus, édition de luxe. . . . . 3 fr.

AVANT-HIER ET AUJOURD'HUI, par Louis Haumont, roman inédit de mœurs politiques, avec gravure sur acier par et d'après Torrents. 1 vol in-18 jésus, édition de luxe. . . . . 3 fr.

LES MÈRES COUPABLES, par Édouard Devicque, roman inédit, avec portrait sur acier, par Leguay, d'après Eustache Lorsay. 1 vol. in-18 jésus, édition de luxe. . . . . 3 fr.

LE FILS DE JEAN-JACQUES, par Édouard Devicque, roman inédit, *paysannerie* avec portrait sur acier, par Leguay d'après Ingouf. 1 vol. in-18 jésus, édition de luxe. . . . . 3 fr.

CAROLINE VARNER, par E. Soldi, roman inédit, avec portrait sur acier par Delannoy, d'après Sandoz. 1 vol. in-18 jésus, édition de luxe. . . . . 3 fr

LE THÉATRE DU FIGARO, par Charles Monselet, orné d'un rideau dessiné par Voillemot, gravé par Leguay. 1 vol. in-18 jésus, édition de luxe. . . . . 3 fr.

LE PLAISIR ET L'AMOUR, par CHARLES MONSELET. 1 vol. in-18 jésus, orné d'un beau portrait de l'auteur gravé sur acier par Leguay, d'après une photographie de Carjat, édition de luxe. . . . . . 3 fr.

Il a été tiré 30 exemplaires sur vélin, du joli volume LE PLAISIR ET L'AMOUR, *par* CHARLES MONSELET

LE DRAME DES CARRIÈRES D'AMÉRIQUE, par ANGELO DE SORR, roman inédit, avec gravure sur acier par Delannoy, d'après Belin. 1 vol. in-18 jésus, édition de luxe. . . . . 3 fr.

LE FANTÔME DE LA RUE DE VENISE, par ANGELO DE SORR, roman inédit, avec gravure sur acier par Outhwaite d'après Sandoz. 1 vol. in-18 jésus, édition de luxe. . . . . 3 fr

JEANNE ET SA SUITE, par ANGELO DE SORR, avec un portrait de l'auteur gravé par Leguay d'après une photographie de Carjat, et précédé d'une notice par CHARLES MONSELET. 1 vol. in-18 jésus, édition de luxe. . . . . 3 fr.

L'AFFAIRE DUVAL, par ERNEST CAPENDU, avec gravure sur acier par Outhwaite d'après Sandoz. 1 vol. in-18 jésus, édit. de luxe. 3 fr.

LES PETITES FEMMES DU COUVENT, par ERNEST CAPENDU, avec gravure sur acier par Paquien, d'après Sandoz. 1 vol. in-18 jésus, édition de luxe. . . . . 3 fr.

LE SÉQUESTRÉ, par ÉLIE BERTHET, avec gravure sur acier par Leguay, d'après Gerlier. 1 vol. in-18 jésus, édition de luxe. . . 3 fr

UNE INTRIGUE DANS LE GRAND MONDE, par le vicomte DE BEAUMONT-VASSY, roman inédit, avec gravure sur acier par Delannoy, d'après Belin. 1 vol. in-18 jésus, édit. de luxe. 3 fr

L'AMOUR DIPLOMATE, par le vicomte DE BEAUMONT-VASSY, roman inédit, avec gravure sur acier par Delannoy, d'après Gerlier. 1 vol. in-18 jésus, édition de luxe. . . . . 3 fr

Toute personne qui achètera 10 volumes à la fois et au choix, de cette Collection, et enverra la somme de 30 fr. à l'Éditeur, recevra gratis les six belles lithographies du prix de 30 fr.

1° *L'Amour mort*, par DIAZ.
2° *Le Génie et les Grâces*, par DIAZ.
3° *Les Présents de l'Amour*, par DIAZ.
4° *La Fée aux Joujoux*, par DIAZ
5° *L'Angélique*, par INGRES.
6° *Œdipe et le Sphinx*, par INGRES.

Envoyer un mandat sur la poste, à l'ordre de M. FERD. SARTORIUS, éditeur, 27, rue de Seine. Ajouter 2 fr. pour recevoir franco dans les départements.

POÉSIES COMPLÈTES DE PLACIDO, GABRIEL DE LA CONCEPCION VALDÈS, traduites de l'espagnol par D. FONTAINE, avec une préface de LOUIS JOURDAN. 1 beau volume in-8. . . . . . . 5 fr.

> Ce sont les fleurs d'un esprit sans culture,
> Telles que les donnent les champs de ma patrie,
> Riches de parfums, de couleurs, de beauté.
>
> PLACIDO.

Le malheureux PLACIDO, le plus grand poëte de la race hispano-américaine ainsi que dit M. JOURDAN dans sa préface, fut fusillé le 28 juin 1844, à Cuba. Ses poésies, traduites pour la première fois en français, ont eu un grand et légitime succès dans son pays. (Voir la préface de M. Jourdan.)

PIRON, complément de ses Œuvres inédites, Prose et Vers, publié sur documents authentiques et manuscrits authographes avec une introduction et des notes par HONORÉ BONHOMME. . . . . 3 fr. 50

LES FEMMES QU'ON AIME, par le baron F. DE REIFFENBERG fils. 1 vol. in-18 jésus, impression de luxe. . . . . 2 fr.

SOMMAIRE : Ce que c'est qu'une maîtresse. — La femme qu'on aime. — Quand on est myope. — Qui paye ses dettes s'enrichit. — Un cadeau de fiançailles. — Tout chemin mène à Rome. — Une maîtresse de mélodrame. — Ah ! que l'amour est agréable ! — Une soirée de garçons. — La maîtresse morte.

LE TESTAMENT DE PIERRE TALBERT, par LÉON MARCY (JULES ROUQUETTE), roman. 1 vol. in-18 jésus. . . . . 2 fr.

LE DESSUS DU PANIER, par BÉNÉDICT-HENRY RÉVOIL. Contes et Nouvelles. 1 vol. in-18 jésus. . . . . 2 fr.

SOMMAIRE : L'Ile fantôme. — Un Drame sur l'Océan. — Une Histoire merveilleuse. — Le Fournisseur de la mort. — La Maison des fous. — Le Voile noir. — Les Trois boutons de diamant. — Les Fils du pêcheur. — La Maison romaine.

JEANNE DE BRÉGONNES, par RAOUL OLLIVIER. Esquisse. 1 vol. in-18, édition de luxe. . . . . 2 fr.

SOUVENIRS DE SUISSE, par A. CAMINADE-CHATENAY, Nouvelles, suivis de *Autres temps, autres mœurs,* comédie de salon en 3 actes et en vers. 1 vol. in-18 jésus.. . . . . 2 fr.

SOMMAIRE : Lisbeth. — Einsiedeln. — La Vallée de Goldau. — Autres temps, autres mœurs.

LE MASQUE DE VELOURS, par ANGELO DE SORR, roman inédit suivi de *la Ruche nontronaise.* 1 vol. in-18 jésus, édit. de luxe. 2 fr.

LES AMOURS D'UNE BARONNE, par E. MONTADY. 1 v. 2 fr.

TROIS COUPS DE CRAYON, par J. GOETSCHY. Esquisses — Sommaire : Miss Ellen. — Les Deux font la Paire. — Judith. — L'Écho, plaisanterie musicale. 1 vol. . . . . 2 fr.

LES FEMMES D'ARGENT, par JULES SARROTTE, roman inédit. 1 v l. . . . . 2 fr.

LA VIE DE GARNISON, par le baron FRÉDÉRIC DE REIFFENBERG. 1 vol. in-18 jésus, avec le portrait de l'auteur gravé sur acier. Édit de luxe. . . . . 2 fr

SOMMAIRE : Demi-appel. — La Vie de garnison.— Au service d'un cheval.— La Camaraderie de l'absinthe.— Garçon! *l'Annuaire!* — Pourquoi nous portons des moustaches. — Le Chapitre des Anglais.— La Goutte militaire. — Les Buveurs d'encre. — De garde au drapeau. — A la cantine. — Les Loustics. — Les Amphibies. — Rimes guerrières.

PETIT THÉATRE DE SALON, par ÉMILE DELAUNAY. 1 volume in-18 jésus. . . . . 2 fr.

SOMMAIRE : *Il ne faut tenter personne*, proverbe en 1 acte, 3 personnages.— *Les Cordonniers de madame d'Ervilly*, petit tableau, 6 personnages. — *Une Bouderie*, bluette en un acte et en vers, 4 personnages. — *L'habit ne fait pas le moine*, opérette-proverbe en 1 acte, musique de M. A. PRÉVOST-ROUSSEAU, 5 personnages. — *Il ne faut pas mettre tous ses œufs....*, proverbe en 1 acte, 6 personnages. — *Un Prince allemand*, fantaisie, musique de M. A. PRÉVOST-ROUSSEAU, 4 personnages.

Toutes ces pièces ont été jouées dans les théâtres de salon. — Elles sont faciles à monter et procureront beaucoup d'amusement aux dilettantes.

BLANCHE D'ORBE, par H. CASTILLE, roman, précédée d'un Essai sur *Clarisse Harlowe* et *la Nouvelle Héloïse*. 2 vol in-18 raisin. 2 fr.

CHARLOTTE DE CORDAY, par HENRY DE MONTEYREMAR. Étude historique avec documents inédits. 1 vol. in-18 jésus. . . . 2 fr.

ÉTUDES ET VOYAGES, par FERNAND LAGARRIGUE. Paris. — Belgique. — Hollande. 1 vol. in-18. . . . . 2 fr.

LES MÉRIDIONAUX, par FERNAND LAGARRIGUE. Galerie des contemporains : Roumanille. — Jules Brisson. — Azaïs. — Vingtrinier. — Sause-Villiers. — Charles Dupouey. 1 vol. in-32. . . . . . 1 fr.

AVENTURES IMAGINAIRES, par H. CASTILLE. 1 vol. in-18 raisin, 2e édition, revue et augmentée. . . . . 2 fr.

SOMMAIRE : Michel et Désirée. — Tableau de Famille. — Le Fond de Beauté. — La Fille d'un Ministre. — Esquisses au fusain. — Robert et Pauline.

L'ART DE S'AMUSER EN SOCIÉTÉ, par l'auteur de *l'Art d'être poli et aimable*. Joli volume in-12. Prix. . . . . 1 fr. 25

NOUVELLE COLLECTION IN-32

AVEC GRAVURE EN TÊTE, A 1 FR. LE VOLUME

CE QUE C'EST QU'UNE ACTRICE, par le baron FRÉD. DE REIFFENBERG, avec le portrait de Mlle Clairon. 1 vol. in-32. . . 1 fr.

UN NOYÉ, par GOURDON DE GENOUILLAC, avec le portrait de Mme Gallois. 1 vol. in-32. . . . . 1 fr.

LES DEUX DESTINÉES, par A. LABUTTE, avec le portrait d'Adrienne. 1 vol. in-32. . . . . 1 fr.

CONTES POUR TOUS, par HENRY DE KOCK, avec une vignette gravée sur acier par Torrents. 1 vol. in-32. . . . . 1 fr.

JE T'AIME, par HENRY DE KOCK, roman inédit. 1 vol. format in-32, avec gravure. . . . . 1 fr.

L'AMOUR QUI TUE, par BÉNÉDICT-HENRY RÉVOIL, roman avec gravure. 1 vol. in-32. . . . . 1 fr.

LES CHEVEUX DE MÉLANETTE, par ANGÉLO DE SORR, roman suivi de *l'Allée close* et *le Fauteuil de la Grand'mère*, avec le portrait de Mélanette. 1 vol. in-32. . . . . 1 fr.

UN CŒUR DE CRÉOLE, par CH. DIGUET, nouvelle suivie de *Viola*, avec une jolie vignette sur acier. 1 vol. in-32. . . . . 1 fr.

LE ROMAN D'UN JOCRISSE, par HENRY DE KOCK, roman inédit, avec vignette. 1 vol. in-32. . . . . 1 fr.

LE DERNIER BAISER, par JULES CLARETIE, roman inédit, avec vignette. 1 vol. in-32. 1 fr.

UN HOMME LÉGER, par ANGE DE KERANIOU, roman inédit, suivi de *Paula*, avec une jolie gravure. 1 vol. in-32. . . . . 1 fr.

QUATRE HEURES TROIS QUARTS, par A. DE LAUNAY, roman avec vignette. 1 vol. in-32. . . . . 1 fr

LES MAUVAISES LANGUES, par ALFRED SIRVEN, roman avec 25 vignettes sur bois. 1 vol. in-32. . . . . 1 fr

HISTOIRE, VOYAGES, DIVERS

HISTOIRE DE LA RÉVOLUTION FRANÇAISE, par Hippolyte Castille. — États généraux, Constituante, Convention, Directoire (1788-1800). — Ouvrage complet en 4 vol. in-8. . . . 20 fr.

LA REVUE DE L'EXPOSITION UNIVERSELLE, par E. Gorges. 1 gros vol. in-18 de 1400 pages avec 20 gravures. 10 fr.

Ce volume contient le résumé le plus exact de cette mémorable Exposition de 1855. — Toute l'industrie est passée en revue, les Beaux-Arts sont traités d'une manière supérieure. — La *Revue de l'Exposition* raconte tous les faits intéressants qui se sont passés pendant sa durée : Guerre de Crimée, Incendie de la Manutention, etc., etc., etc. — Nous pouvons donc dire que ce volume est un souvenir fidèle dont le charme est encore augmenté par les gravures qu'il contient. — Une grande planche représente les Champs-Élysées à cette époque.

L'EMPIRE DU BRÉSIL, par V. L. Baril, comte de la Hure. Monographie complète de l'Empire sud-américain, ouvrage dédié à S. M. Dom Pedro II, et orné d'un magnifique portrait de ce souverain. 1 vol. in-8. 600 pages. . . . . 10 fr.

HISTOIRE DE LA TRANSFORMATION DES GRANDES VILLES DE L'EMPIRE, par Auguste Descauriet, sous-chef au ministère de l'intérieur. Paris-Lille. 1 fort vol. in-8. . . 7 fr. 50

SOUVENIRS ET RÉCITS DE VOYAGES, les Alpes françaises et la haute Italie, par L. B. de Mercey. 1 beau vol. in-8. . 7 fr. 50

LE MEXIQUE, par V. L. Baril, comte de la Hure. Résumé géographique, statistique, industriel, historique et social, à l'usage des personnes qui veulent avoir des notions exactes, récentes et précises sur cette contrée du nouveau monde. 1 vol. in-8. . . . . . . 5 fr.

LES TURCS ET LA TURQUIE CONTEMPORAINE, par B. Nicolaidy, capitaine du génie au service de la Grèce, chevalier-commandeur de plusieurs ordres, etc. Itinéraire et compte rendu de voyages dans les provinces ottomanes, avec une carte détaillée, 2 vol. in-18 jésus. . . . . 7 fr.

HISTOIRE DE L'ART EN FRANCE, par Poussin, Félibien, Mignard, Winckelmann, Diderot, Delécluse, Vitet, F. de Mercey,

A. Houssaye, Jules Janin, etc., etc. Recueil raisonné et annoté de tout ce qui a été écrit et imprimé sur la peinture, la sculpture, l'architecture et la gravure françaises, depuis leur origine jusqu'à nos jours. 1 vol. in-8. 5 fr.

A TRAVERS L'AMÉRIQUE DU SUD, Par F. Dabadie. 1 vol. in-18 jésus. 2e édition. . . . . 3 fr. 50

Sommaire : Rio-Janeiro et ses environs. — Les Esclaves au Brésil.—Jacques Arago et l'empereur Dom Pedro II. — Le Misanthrope de Mato-Grosso. — Une élégie au cap Horn. — Superstitions maritimes. — Les Curiosités de Lima. — Les Liméniennes. — Les Brigands du Pérou. — Le Poëte des Andes. — Les Moines de l'Amérique méridionale. — Une Excursion dans la province l'Esméralda. — Souvenirs de la Plata.

RÉCITS ET TYPES AMÉRICAINS, par F. Dabadie, 1 volume in-18 jésus. 400 pages. 3 fr. 50

Sommaire : Les Moustaches d'Antonio. — Les Tribulations de saint Antoine. Un Mascate chez les Botocudos. — Sang et Or. — La Fièvre jaune s'amuse.— Les Aventures d'Oscar. — L'Eldorado. — Garibaldi dans l'autre monde. — Types : Le Callavaya. — Les Corybantes. — Boliviens. — Les Tailleurs de la Paz. — Le Sébastianiste. — Le Mendiant de Rio-Janeiro. — Les Chasseurs d'Onas. — Les faux Messies. — Les Indiens du Chaco. — L'Aguador de Lima. — Le Robona. — Le Montanaro. — Le premier Mormon.

LA NOUVELLE-CALÉDONIE ET SES HABITANTS, par le Dr Victor de Rochas, chirurgien de la marine impériale, membre de la Société de géographie, etc. Productions, Mœurs, Cannibalisme. 1 vol. in-18 jésus. 320 pages. . . . . 3 fr.

Cette colonie océanienne, l'une des plus récentes acquisitions de la France, a été proposée aux Chambres pour servir de pénitencier en remplacement de Cayenne.

MANUEL DES PRINCIPALES VALEURS ESPAGNOLES sur le marché français, par M. Fontaine. 1 vol. in-18. . . . . 3 fr

FRANÇAIS ET ARABES EN ALGÉRIE, par Ferd. Hugonnet, auteur des *Souvenirs d'un chef de bureau arabe*. 1 volume in-18 jésus. . . . . 2 fr. 50

Sommaire : Lamoricière. — Bugeaud. — Abd-el-Kader. — Daumas, etc., etc.

LES SUICIDÉS, par F. Dabadie. Biographie des personnages remarquables de tous les pays qui ont péri volontairement depuis le commencement du monde jusqu'à nos jours. 1 v. in-18 jésus. 2 fr. 50

LE PARFAIT DOUANIER, civil et militaire, par un Vétéran de l'Administration. 2 fr. 50

HISTOIRE ET CONQUÊTES DE L'ESPAGNE, depuis l'occupation des Maures jusqu'à nos jours, par le baron Édouard de Septenville. 1 vol. in-18 jésus. . . . . 2 fr. 50

LES ANOMALIES DE LA LANGUE FRANÇAISE, ou la nécessité démontrée d'une révolution grammaticale, par Léger Noel. 1 vol. in-8. . . . . 2 fr. 50

ABOLITION DE LA SUCCESSION COLLATÉRALE, par J. Juteau, avocat à la Cour imp. de Paris, broch. de 4 feuilles. 1 fr. 50

LECTURES PUBLIQUES ET EXPOSITIONS PERMANENTES, par Pierre Mazerolle. Brochure in-18. . . . 1 fr. 25

L'objet de cet écrit, essentiellement pratique, est le *Placement des Œuvres inédites*, pour les Beaux-Arts en général, les Inventions, les Sciences et les Lettres, — c'est-à-dire consiste dans l'exposé de moyens propres à atteindre infailliblement ce but, dont la recherche constitue l'un des problèmes les plus obstinément débattus de nos jours. Le Système exposé résout du même coup la question pour Paris et pour la Province, c'est-à-dire résout d'une manière simple et pratique le problème de la Décentralisation intellectuelle.

LES ESCLAVES TSIGANES dans les Principautés danubiennes, par Alfred Poissonnier, avec une préface par M. Ph. Chasles. 1 vol. in-8. . . . . 1 fr.

NAPOLÉON III EN ITALIE, par Jules Richard. Deux mois de campagne. — Montebello. — Palestro. — Turbigo. — Magenta. — Marignan. — Solferino. 1 vol. in-18. . . . . 1 fr.

LES RÉGIMENTS DE FER, par le baron Frédéric de Reiffenberg, chevalier de la Couronne de chêne. 1 vol. in-8. . . . . 1 fr.

Sommaire : Origine de la grosse cavalerie en France. — Cavaliers et Piétons. — Le Casque et la Cuirasse. — L'Apprentissage des armes. — L'Emploi des armes à feu dans la cavalerie. — Les Cuirassiers. — La Journée du Cavalier.

ÉTUDE SUR LES VARIATIONS DE L'ESCOMPTE, par Auguste Terrière, employé au Trésor de la Couronne. Dédié à M. le comte de Germiny, gouverneur de la Banque de France. Brochure. Prix. . . . . 1 fr.

JÉSUS DANS L'HISTOIRE, par Ernest Havet. Examen de la *Vie de Jésus*, par Ernest Renan. 1 vol. in-18 jésus. . . . . . 1 fr.

Extrait de la *Revue des Deux Mondes*, revu et augmenté d'une préface et d'une réponse à Mgr l'évêque de Nîmes (H. Plantier), qui venait de faire paraître un écrit intitulé : *Un panégyriste de M. Renan. Lettre pastorale de Monseigneur l'évêque de Nîmes contre un article de la Revue des Deux Mondes.*

LA LOI SUR LA CHASSE, expliquée aux chasseurs, aux gardes champêtres et aux agriculteurs, par M. Charles Viel, avocat à la Cour impériale de Paris, attaché à la division de la sûreté publique au ministère de l'Intérieur. 1 vol. in-18. Prix. . . . . 75 cent

LA CHASSE ET LE PAYSAN, par Honoré Sclafer. Beau volume in-18 jésus. 3 fr.

UN PEU DE TOUT, par ADRIEN MARX. Beau volume in-18 jésus. . . . . 3 fr.

LES ROMANS PARISIENS, par ARSÈNE HOUSSAYE, édition de luxe 1 vol. in 8 jésus. . . . . 3 fr.

SOMMAIRE : La Vertu de Rosine. — Le Repentir de Marion. — Le Valet de Cœur et la Dame de Carreau. — Madame de Beaupréau. — Le treizièm Convive.

LES COMPAGNONS DE LA MORT, par CHARLES RIBEYROLLES (révolte de Masaniello, en 1647), précédé d'une préface sur l'auteur, par F. DABADIE. 1 vol. in-18 jésus. . . . . 3 fr.

L'AGENT MATRIMONIAL, par JULES SARROTTE, roman inédit avec préface. 1 vol. in-18 jésus. . . . . 3 fr.

CIMES ET VALLONS, par AUGUSTE DESANCELLES. 1 vol. in-18. (Poésies.) . . . . 3 fr.

LES SALONS DE PARIS ET LA SOCIÉTÉ PARISIENNE sous-Louis Philippe Ier, par le vicomte DE BEAUMONT-VASSY. 1 beau volume de 400 pages in-18 jésus, édition de luxe, orné de 12 portraits sur acier. . . . . 5 fr.

Duchesse d'Orléans. — La Fayette. — Duchesse de Berry. — Madame de Staël. — Chateaubriand. — Reine Victoria. — Metternich. — Louis-Philippe. — Guizot. — Talleyrand. — Thiers. — Lamartine.

LES SALONS DE PARIS ET LA SOCIÉTÉ PARISIENNE sous Napoléon III, par le vicomte DE BEAUMONT-VASSY. 1 beau volume de 350 pages in-18 jésus, édition de luxe, orné de 10 portraits sur acier. . . . . 5 fr.

Princesse Mathilde. — Général Cavaignac. — Général Changarnier. — Napoléon III. — Duc de Morny. — l'Impératrice Eugénie. — Drouyn de l'Huys. — Alexandre II. — François-Joseph II. — Princesse de Metternich.

LES CAPRICES DU BOUDOIR, par ARMAND RENAUD, auteur de *la Griffe rose*. 1 vol. de luxe. . . . . 3 fr.

POËMES ET POÉSIES MILITAIRES, par le baron FRÉDÉRIC DE REIFFENBERG. Brochure in-8. Prix. . . . . 50 c.

I. La Plume et l'Épée. — II. L'étendard des Carabiniers.

PORTRAITS POLITIQUES ET HISTORIQUES

PAR H. CASTILLE

Prix de chaque volume. . . . . 50 centimes

PREMIÈRE SÉRIE

Napoléon III.
Alexandre II.
Le général Cavaignac.
La duchesse d'Orléans.
Le marquis Delcaretto, ex-ministre du roi de Naples.
Drouyn de Luys.
Ledru-Rollin.
Palmerston.
Montalembert.
Louis Blanc.
Manin, ex-président de la République de Venise.
Saint-Arnaud et **Canrobert.**
Michelet.
Espartero et **O'Donnell.**
Victor Hugo.
Talleyrand.
A. Blanqui.
Metternich.
Louis-Philippe.
Frédéric-Guillaume, roi de Prusse.
Lamennais.
Le comte de Chambord.
Madame de Stael.
Changarnier.
Benjamin Constant.
Le prince A. Ghika.
Chateaubriand.
Béranger.
M. Thiers.
Armand Carrel.
Lamartine.
Reschid-Pacha.
Paul-Louis Courier.
La duchesse de Berry.
Napoléon Ier. 2 vol.
Le général Lamoricière.
Jules Favre.
Pie IX.
Émile de Girardin.
Proudhon.
La Fayette.
La reine Victoria.
Edgard Quinet.
Oscar Ier, roi de Suède.
Casimir Périer.
Les Débats.
La Presse.
Le Siècle.

DEUXIÈME SÉRIE

Le maréchal Pélissier.
Le père Enfantin.
Le Prince Napoléon Bonaparte.
Les princes de la Famille d'Orléans : Le prince de Joinville et le duc d'Aumale.
M. Berryer.
M. de Morny.
M. Villemain.
Le maréchal Bosquet.
Ferdinand II, roi de Naples.
Le comte de Cavour.
Les Chefs de corps de l'Armée d'Italie.
Garibaldi.
Louis Kossuth.
Victor-Emmanuel II, r. de Piémont.
L'Impératrice Eugénie.
Le prince Jérôme Bonaparte.
M. Baroche.
M. Mocquart.
Mazzini.
François-Joseph.
Léopold Ier.
Mgr Dupanloup.
Vicomte de la Guéronnière.
Achill Fould.
Rouland.
Antonnelli.
Pimodan.
Le père Félix.
Ratazzi.

BEAUX-ARTS

LE SALON

COLLECTION DE GRAVURES ET LITHOGRAPHIES D'ART

D'APRÈS

MM. DELACROIX, MULLER, TROYON, DIAZ, BONVIN, ROQUEPLAN
F. DE MERCEY, MEISSONIER, ROSA BONHEUR, ETC.

Prix : 1 fr. 25 cent. la feuille

1. **L'Appel des condamnés**, gravé par M. E. Hédouin, d'après Müller.
2. **L'École des Orphelines**, gravée par Masson, d'après Bonvin.
3. **L'Abreuvoir**, lithographié par J. Laurens, d'après Troyon.
4. **La Solitude**, lithographiée par J. Laurens, d'après J. Dupré.
5. **Une Vénus et deux Amours**, lithographiés par J. Laurens, d'après Diaz
6. **L'Innocence en danger**, lithographiée par J. Laurens, d'après Diaz.
7. **Lavandière**, gravée par Masson, d'après Tesson.
8. **La Vénus à la Rose**, lithographiée par J. Laurens, d'après Diaz.
9. **Le Concert**, gravé par Carey, d'après Chavet.
10. **Une Odalisque**, lithographiée par J. Laurens, d'après Baron.
11. **Un Métier de Chiens**, gravé par Masson, d'après Stevens.
12. **La Ferme**, lithographiée par Anastasi, d'après Dupré.
13. **Le Fumeur**, lithographié par J. Laurens, d'après Decamps.
14. **Les Paysannes**, gravées par Masson, d'après Roqueplan.
15. **Les Animaux dans la montagne**, lithographiés par J. Laurens, d'après Rosa Bonheur.
16. **L'Éducation du Geai**, gravée par Carey, d'après Guillemin.
17. **La Mort de Montaigne**, lithographiée par J. Laurens, d'après Robert Fleury.
18. **La Paix**, lithographiee par J. Laurens, d'après Boulanger.
19. **Paysage en Normandie**, lithographié par J. Laurens, d'après de Mercey.
20. **Vénus armant l'Amour**, lithographiée par Braquemont, d'après Guichard.
21. **Les Rayons et les Ombres**, lithographiés par J. Laurens, d'après Victor Hugo.
22. **Vénus endormie**, lithographiée par J. Laurens, d'après Diaz.
23. **Le Massacre de Scio**, gravé par Masson, d'après Delacroix.
24. **Desdemona**, lithographiée par J. Laurens, d'après Delacroix.
25. **Groupe de chiens**, lithographié par J. Laurens, d'après Diaz.
26. **Chevreuils dans un fourré**, lithographiés par J. Didier, d'après Rosa Bonheur.
27. **Jument poulinière**, lithographiée par J. Didier, d'après Rosa Bonheur.

28. **Animaux au pâturage**, lithographiés par J. Laurens, d'après Troyon.
29. **Une rue à Marlotte**, lithographiée par J. Laurens, d'après J. Didier.
30. **Les Gorges d'Apremont** (forêt de Fontainebleau), lithographiées par J. Laurens, d'après A. Desgoffe.
31. **Le Chemin des lagunes** (landes de la Gironde), lithographié par J. Didier, d'après C. Marionneau.
32. **Mendiants grecs** (Morée), lithographiés par J. Laurens, d'après A. de Curzon.
33. **Souvenir du lac de Némi**, lithographié par J. Laurens, d'après Cabat.
34. **Méditation** (Moine en prière, paysage), lithographié par J. Laurens, d'après A. Desgoffe.
35. **Un Rêve d'amour**, lithographié par J. Didier, d'après Tassaërt.
36. **Charles IX chez son armurier Ziem**, lithographié par J. Laurens d'après E. Isabey.
37. **Les Bons Amis**, gravés par Braquemont, d'après Decamps.
38. **Pâturage en Normandie**, lithographié par J. Laurens, d'après Troyon.
39. **Animaux au repos**, lithographiés par J. Laurens, d'après Palizzi.
40. **Loin du monde**, lithographié par Pirodon, d'après Antigna.
41. **Insouciance**, lithographiée par Duclos, d'après Guillemin.
42. **Caroline Varner** (portrait), gravure de F. Delannoy, d'après Sandoz.
43. **Dom Pedro II**, empereur du Brésil, gravure par Colin.
44. **Indiscrétion**, lithographiée par A. Lemoine, d'après Chaplin.

Les 45 feuilles du *Salon* forment un magnifique *Album* dont l'éditeur tient à la disposition des amateurs des exemplaires en demi-chagrin sur onglets.

AVIS AUX AMATEURS

Chaque volume à 3 francs de la collection illustrée est accompagné d'un bon de prime donnant droit soit à une belle gravure, soit à des lithographies d'art signées de nos meilleurs maîtres.

PRIMES

GRANDES PLANCHES, PRIX FORT : 5 FR. CHACUNE

1. **Vénus pleurant l'Amour mort**, lithographiée par J. Laurens, d'apr Diaz.
2. **Le Génie et les Grâces**, lithographiés par J. Laurens, d'après Diaz.
3. **Les Présents de l'Amour**, lithographiés par J. Laurens, d'après Diaz.
4. **La Fée aux Joujoux**, lithographiée par J. Laurens, d'après Diaz.
5. **Angélique attachée au rocher**, lithographiée par Sudre, d'après Ingres.
6. **Œdipe consultant le Sphinx**, lithographié par Sudre, d'après Ingres.
7. **Race normande**, lithographiée par J. Didier, d'après Rosa Bonheur.
8. **Jeune fille**, gravure de E. Gervais, d'après Plassan.
9. **Jeune mère**, gravure de E. Gervais, d'après Plassan.
10. **Promenade**, gravure de E. Gervais, d'après Compte-Calix.
11. **Lecture**, gravure de E. Gervais, d'après Compte-Calix.
12. **Le Liseur**, gravure de E. Gervais, d'après Meissonier.

LA RIXE

GRAVÉE PAR PAUL CHENAY

D'APRÈS LE TABLEAU ORIGINAL DE MEISSONIER

Qui a obtenu la grande médaille d'honneur à l'Exposition de 1855
et a valu à son auteur la croix d'officier de la Légion d'honneur

---

LA GRÈCE PITTORESQUE

PUBLICATION ARTISTIQUE DESSINÉE D'APRÈS NATURE

PAR A. LOFFLER

ET ACCOMPAGNÉE DU TEXTE DESCRIPTIF

DU DOCTEUR MAURICE BUSCH

25 GRAVURES SUR ACIER ET SUR BOIS

10 livraisons petit in-folio à 1 fr. 25

L'ORIENT PITTORESQUE

PUBLICATION ARTISTIQUE ILLUSTRÉE DE

32 GRAVURES SUR ACIER

16 livraisons petit in-folio, relié toile, 25 francs

DERNIERS PARUS ET A PARAITRE :

LA PETITE LISE, roman inédit, par CH. PAUL DE KOCK

LE PETIT BONHOMME DU COIN, roman inédit, par CH. PAUL DE KOCK.

MADEMOISELLE CROQUEMITAINE, roman inédit par HENRY DE KOCK

LE PRINCE MAX A PARIS, roman inédit, par le vicomte DE BEAUMONT-VASSY.

CHANVALLON, roman inédit, par CH. MONSELET.

LA MARIÉE DE FONTENAY-AUX-ROSES, roman inédit, par PAUL DE KOCK.

PARIS. — IMP. SIMON RAÇON ET COMP., RUE D'ERFURTH, 1.

www.ingramcontent.com/pod-product-compliance
Ingram Content Group UK Ltd.
Pitfield, Milton Keynes, MK11 3LW, UK
UKHW020252220726
13923UKWH00002B/900